शब्दों के पंख

मीनाक्षी भसीन

सन्मति पब्लिशर्स एण्ड डिस्ट्रीब्यूटर्स

ISBN: 978-93-883658-3-3

प्रकाशक

सन्मति पब्लिशर्स एण्ड डिस्ट्रीब्यूटर्स

बी–347, संजय विहार,

मेरठ रोड, हापुड़–245101 (उ0प्र0)

website : www.sanmatiindia.com

email: sanmati555@gmail.com

मो. 8439645104, 7302710291

प्रथम संस्करण : जनवरी 2020

आवरण

RETROTEK

भूमिका

ऐसी धूप जो मिटा दे अंधकार को,
ऐसी धूप जो हटा दे, मन के सभी अवसाद को,
ऐसी धूप जो खिला दे, मन की छिपी हुई बहार को,
अरे! ऐसी धूप, जिसके आने का सबको इंतजार हो
ऐसी धूप, जो भगा दे रोगाणु, कीटाणु निराशा के
बस अब मैं धूप बनके सब जगह छा जाना चाहती हूँ।

युवा कवयित्री मीनाक्षी भसीन के पहले कविता संग्रह "शब्दों के पंख" की कविता की ये पंक्तियाँ, कवयित्री के सरोकारों, संकल्पों को अभिव्यक्ति देती हैं। धूप बनने की आकांक्षा, उजाला बाँटने की आकांक्षा, अंधकार, अवसाद, निराशा को हटाकर मन में छिपी बहार को खिला देने की आकांक्षा, एक पवित्र आकांक्षा, एक नेक, मासूम आकांक्षा। मन में छिपी 'बहार' ईश्वर द्वारा प्रदत्त प्रतिभा भी हो सकती है, अच्छाई भी हो सकती है, खुशी को पहचानने, खुशी को बाँटने की सोच भी हो सकती है।

कवयित्री की यह सोच पाठक को प्रेरित करने, सकारात्मक संदेश देने, जीवन को सहज, सुखमय, सफल, सार्थक बनाने का सलीका सुझाने वाली सोच मात्र इसी कविता में ही नहीं मिलती वरन संग्रह की लगभग सभी कविताएं ऐसी ही सकारात्मक, प्रेरणादायक सोच से सजी मिलती हैं।

यूँ कवयित्री की अनेक कविताओं में तीव्र आक्रोश, वेदना, करुणा के स्वर भी उपस्थित हैं किंतु ऐसे स्वर उसकी सजग दृष्टि तथा समाज की विसंगतियों से जूझने तथा एक सुंदर समाज गढ़ने की छटपटाहट का ही परिचय देते हैं-

जब हर तरफ फैल रही हो, विषाक्तता की गंध, हवाओं में
तो शहद में डूबे हुए शब्द मुझसे लिखे ही नहीं जाते हैं

रोज-रोज खबरों में रौंदी जाए लड़की जिस तरह
प्रेम भरे मधुर गीत मुझसे गाए नहीं जाते हैं
अन्न दाता ही जब तरसते हों, दो जून रोटी को
तो अच्छे दिनों के महल मुझसे बनाए नहीं जाते हैं।

शहीदों के सपनों का वो भारत जिसमें अन्याय न हो, शोषण न हो, दमन न हो, भेदभाव न हो कवयित्री के सपनों का भी भारत है, तभी वह आक्रोश के स्वर में कहती है -

स्वतंत्रता तो वहशी दरिंदों को मिल गई है कि वो हमारी
नन्हीं परियों की अस्मिता को जब चाहे, जहाँ चाहे, कुचल डाले,
स्वतंत्रता तो अमीरज़ादों को मिल गई है, जो पैसे के दम पर
गरीबों के रक्त का भी दाम लगा लें,
स्वतंत्रता तो सत्ता में बैठे लोभी लोगों को मिल गई है कि वो कुर्सी के दम पर
गरीबों को रौंदने की नीतियाँ बना लें,
जब तक अमीर-गरीब के मध्य यह बड़ी विषमता नहीं दूर होगी,
जब तक शोषण, अन्याय, बलात्कार की चीखें सुनाई देती रहेंगी,
स्वतंत्रता की रुह हमें भीतर ही भीतर कचौटती रहेगी,

कवयित्री दुनिया के सबसे बड़े लोकतंत्र भारत को सच्चा लोकतंत्र बनते देखना चाहती है जिसमें मात्र वीआईपी ही नहीं; आम आदमी भी संविधान द्वारा प्रदत्त अधिकारों, सुविधाओं का लाभ उठा सके। 'आम-आदमी' कविता में वो आम आदमी की शक्तियों तथा उनकी महत्ता को अभिव्यक्ति देती है-

सियासत की वहशियाना हरकतों के बीच,
इंसानियत की पहचान कराता है आम आदमी,
मत जानो दीन-हीन उसको यह बड़ा है खास आदमी।
जिस सत्ता के नशे में, जो अकड़ के तुम यूँ चलते हो
उस कुर्सी पे कई सपने लिए, बिठाता तुम्हें यही आम-आदमी
मत जानो दीन-हीन उसको, यह बड़ा है खास आदमी

मगर तुम मान न लेना इसकी चुप्पी को, किसी तूफ़ान से कभी कमतर,
हो जाए एकजुट जो जनता, तो हाल हो जाएगा तुम्हारा बदतर से और बदतर।

कवयित्री की लेखनी हर ऐसे ढोंगी के मुँह से नकाब हटाती है जो समाज को छलते हैं, चाहे वे लोगों की धार्मिक भावनाओं का लाभ उठाकर ठगने वाले तथाकथित 'संत' हों अथवा हमारे आपके बीच के इज्जतदार लोग। स्वाभाविक है कि ऐसी कविताओं में कवयित्री के शब्दों में व्यंग्य एवं कटाक्ष की तीखी धार देखने को मिलती है-

अरे! ओ माडर्न संत महान
तुम खुद तो फूलों के रथ पर आते हो,
चेहरे पर फेशियल करवाकर,
बालों पर डाई लगवाकर
हमें माया से दूर रहने का पाठ पढ़ाते हो।
आलीशान कारों में घूम-घूम तुम,
जीने की कला सिखाने आए हो
होटल का खाना खाकर, कीमती वस्त्रों से स्वयं
को सज्जित कर हम पर आशीर्वाद बरसाने आए हों
घोटाले, रेप, स्कैंडल करके
हमें नैतिकता की राह दिखाते हो।

कवयित्री नहीं बख्शती-

चुनरी चढ़ाने का रिवाज़ बस मंदिरों की मूर्तियों तक
ही ठीक लगता है,
बाहर चल रही, सो रही, काम पर जा रही
कॉलेज में पढ़ रही कन्याओं से इस
भक्ति का क्या वास्ता है,
उन्हें तो घूरो, छेड़ो, न कहें तो उनके चेहरे पे एसिड उड़ेलो।

कवयित्री की अनेक रचनाओं में उन जीवन मूल्यों के संरक्षण तथा पुनःस्थापन का भी आग्रह भी दिखाई देता है जो वर्तमान दौर में टूट रहे हैं, बिखर रहे हैं, विलुप्त होते जा रहे हैं-

“सच्चाई, ईमानदारी की चाहे कोई ध्वनि न हो,
पर आप माने या न माने,
इनमें भी चलती-फिरती जान होती है,
एक अनोखी सी अदृश्य पर,
बेहद मजबूत पकड़ बनाने वाली पहचान होती है।”

“अपने लक्ष्य तक सच की कश्ती पहुँच ही जाती है
पर झूठ की नाव चाहे चल रही हो तेज
अक्सर मंजिल तक पहुँचने से ठीक पहले
यह डूब जाती है और रह जाती है दलदल।”

कवयित्री की समाज से जुड़ी अनेकानेक चिंताओं में पर्यावरण के नष्ट होने की चिंता भी शामिल है जो उसकी कविताओं में उतरती है और पाठकों को भविष्य के प्रति सचेत करती है-

हम तो बो रहे हैं अपने पतन के बीज
तो उगेंगे ही प्रलय के फूल,
फिर हम कुछ न कर पाएँगे,
हाथ मलते हुए भरसक पछताएंगे,
जब नहीं मिलेगा जल, प्राण वायु, वो ठंडी हवाएं,
हरियाली, फूलों की खुशबू शायद तभी हम,
ईश्वर की असीम नि:शुल्क कृपाओं के मूल्य को समझपाएंगे।

कवयित्री के कविता संग्रह में नारी संसार से जुड़ी कविताएं न हों, ऐसा कैसे संभव है। ऐसी कविताओं में हमें दो तरह की कविताएं पढ़ने को मिलती हैं- एक वो जिनमें नारियों पर होने वाले तरह-तरह के उत्पीड़न की व्यथा/कथा है तथा दूसरी वो जहाँ हमें एक नारी के कोमल मन तथा ममतामयी स्वरुप के दर्शन होते हैं-

'रेप' भी दो प्रकार का होता है -
मौखिक और प्रायोगिक
एक तो जिसका समाचार हर रोज
अखबार की हैडलाईन्स में होता है,
और दूसरा जो हर क्षण, हर रोज़
घर से निकलने वाली लड़कियों
और स्त्रियों के साथ होता है,
जब उन्हें बेहद बेशर्मी के साथ
घूरा जाता है।

और नारी का एक वो रुप जहाँ वह माँ, बहन, पत्नी के रुप में दुनिया को सुंदर बनाती है। कवयित्री के पास जीवन और समाज के विभिन्न पहलुओं, घटनाओं, दृश्यों का गहनता से अवलोकन करने की एक सजग दृष्टि है। इसलिए उसकी कविताओं में ऐसे मूल्यवान परामर्श, सुझाव, सलाहें मिलती हैं जो पाठक का जीवन आसान बनाएं, सार्थक बनाएं, हिम्मत, हौसला दें-

अगर दरिद्रता हो आत्मा की, विचारों की,
मन की, तो सब कुछ होते हुए भी
जिंदगी सिर्फ तड़पाती है और दूसरों के काम आने वाली
और अपने बलबूते पे जी जाने वाली ही जिंदगी
दोस्तों सही मायनों में खूबसूरत जिंदगी कहलाती है। (अभाव क्या है)
कोई भी नहीं बच पाता जिनकी निगाह से,
जिससे प्रभावित हो जाती हमारे कार्य शक्ति,

कलुषित कर देती हमारी भावनाओं को,
आओ आज मिलकर इन भगाएं,
ये सिर चढ़ी, पागल-सी अपेक्षाएं

नियमित, लगातार पढ़ते हुए भी, अक्सर बहुत कम समय में ही
बहुत कुछ भूल जाते हैं,
पर जीवन की वास्तविक परीक्षाओं में तो हम भूल ही नहीं पाते
किसी की कड़वी बातें, किसी का आघात,
किसी का झूठ, किसी का फरेब, किसी का छल

तो यारों साफ कर दो अपने दिल की मैल,
जला के फोड़ डालों द्वेष, जलन के पटाखे,
जो भीतर ही भीतर सुलगते रहते हैं इक दूजे के लिए
नए रंगों से पुतवा डालो अपने दिल की
धड़कनों को इस कदर,
प्रकाशित कर डालो अपने भीतर की दुनिया।

सच है कि भीतर की दुनिया प्रकाशित हो जाए तो दुनिया कितनी सुंदर बन जाए। भीतर की दुनिया को प्रकाशित करने के लिए ही कवयित्री अपनी कविताओं में ऐसे सकारात्मकता से भरे संदेश, प्रेरणादायी संदेश पिरोती रहती है-

हर हाल में, हर परिस्थिति में
नदी के पावन जल की तरह बहते रहना है
समेटते जाना है, राह में मिली पत्थरों की ठोकरों को
बन रही हूँ पहले से, अधिक मजबूत इन्हीं ठोकरों से

संग्रह की कुछ ही कविताओं में सही, किंतु प्रेम की खुशबूदार उपस्थिति है। यहाँ कच्ची उम्र की भावुकता वाला फिल्मी प्रेम न होकर सात जन्मों के बंधन वाला परिपक्व प्रेम है, जहाँ आस्था, विश्वास, समर्पण की सुगंध है-

न होता है हाथों में गुलाब, न कोई उपहार
न कजरारे नयनों और काली जुल्फों का कोई जिक्र
पर होती है इक-दूजे की फिक्र,
जिसका किया जा सकता है एहसास जो है किसी भी
शय से खास,
हाँ- सच में मुझे उनसे इश्क ही तो है

संग्रह की कुछ कविताओं में हमें आकर्षक शब्द चित्र मिलते हैं -

चाहे वासना हो मन की,
चाहे वात्सल्य का समुद्र,
या हो प्रेम की मधुशाला
या फिर कोई स्वार्थ का हो लशकर,
ये आँखें मन के भावों के प्रतिबिंब को हू-ब-हू शीशे पे उकेरती हैं...

संग्रह की सारी कविताएं पढ़ने के बाद पहला ही संग्रह होने के नाते कवयित्री के सामाजिक और मानवीय सरोकारों, समाज की विसंगतियों के प्रति गहरी चिंताओं, व्यापक दृष्टि, सकारात्मक सोच को देखते हुए उसके भविष्य के प्रति एक आश्वस्ति बनती है। यह संग्रह पाठकों को जागरुक भी करेगा, प्रेरित भी करेगा, उनके जीवन को सफल एवं सार्थक बनाने में भी मददगार होगा, ऐसा विश्वास किया जा सकता है।

मैं संग्रह की सफलता की कामना करता हूँ।

- **लक्ष्मी शंकर वाजपेयी**

मेरी नजरों में मीनाक्षी भसीन

'आगमन' के हापुड़ के एक कार्यक्रम में मीनाक्षी को पहली बार देखा और सुना। वे अपने पति श्री पुनीत भसीन के साथ उस कार्यक्रम में भाग लेने आई थी। कार्यक्रम सुबह से लेकर शाम तक था। लेकिन मेरा ध्यान उनकी तरफ लंच के बाद द्वितीय सत्र में गया। सभागार में पीछे की तरफ वे बैठी हुई थी बिलकुल शांत। तब मैं उन्हें जानता नहीं था, वे शायद सुबह से ही आ गयी होंगी क्योंकि वे समय की बहुत पाबन्द हैं। मुझे अचरज हुआ कि वे सुबह से बैठी हुई तन्मयता से सभी का काव्य पाठ सुन रही है और जैसा कि अक्सर होता है कि सभी को अपने काव्य पाठ की जल्दी होती है और ज्यादातर कविगण अपने काव्य पाठ के बाद किसी ने किसी बहाने से जाने की इजाज़त ले कर चले भी जाते हैं।

मुझे अफसोस हो रहा था कि क्यों मेरा ध्यान सुबह से ही उन पर नहीं गया लेकिन मीनाक्षी से मैं पहले कभी नहीं मिला तो मैं वहाँ उनकी उपस्थति को नोटिस नहीं कर पाया। खैर मैंने संचालनकर्ता से उन्हें काव्य पाठ के लिए आमंत्रित करने के लिए कहा और वो अपनी चिरपरिचित सौम्य मुस्कान के साथ माइक पर आई और अपना काव्य पाठ किया।

उपरोक्त वाकया मैंने सिर्फ मीनाक्षी के व्यक्तित्व की उन विशेषताओं को बताने के लिए लिखा जिसने मुझे प्रभावित किया। मीनाक्षी एक शांत, सौम्य, धैर्यवान लेकिन बौद्धिक और मानसिक स्तर पर बहुत मजबूत शख्सियत हैं। उनमें इस कदर आत्म-विश्वास कूट-कूट कर भरा है कि उन्हें पता था कि एक दिन उनका भी आएगा जब लोग उन्हें पहचानेंगे, उनकी कविताओं की सराहना करेंगे और जिन्होंने भी उन्हें या उनकी कविताओं को नज़रअंदाज़ किया था, एक दिन वे ही उन्हें अपने कार्यक्रमों में ससम्मान आमंत्रित करेंगे और आज ये सब सच हो चुका है।

मुझे ख़ुशी है कि 'आगमन' के माध्यम से मीनाक्षी से मेरी पहचान हुई और आज 'आगमन' में मीनाक्षी का एक विशिष्ट स्थान है। 'आगमन' को लेकर

मेरी उनसे अक्सर चर्चा होती है, कार्यक्रमों एवं अन्य गतिविधियों के विषय में उनकी सलाह बेहद उपयोगी होती है। मीनाक्षी हर कार्यक्रम में समय से पहले पहुँचती है और कार्यक्रम की शुरूआती औपचारिकताओं में उनका महत्वपूर्ण योगदान रहता है।

मीनाक्षी के जीवन में रिश्तों का महत्त्व है और समाज के प्रति उनकी संवेदनशीलता उन्हें भीड़ से अलग करती है। वे सामाजिक सरोकारों की कवयित्री हैं, उनकी कविताओं में सामाजिक कुरीतियों, दोगलापन, अन्धविश्वास, धर्म और आस्था में व्याप्त दिखावे के खिलाफ आक्रोश साफ़ झलकता है। इसी संग्रह से उनकी इस कविता में मुझे उनके व्यक्तित्व की ही झलक मिलती है-

मैं हर क्षण तैयार रखती हूँ -

हाँ, मैं हर क्षण तैयार रखती हूँ अपने मन को,
मिलने वाली तारीफ के लिए,
प्राप्त आलोचना के लिए,
मैंने आजकल ठाना हुआ है,
कि मुझे हर हाल में, हर परिस्थिति में,
बस नदी के पावन जल की तरह बहते रहना है,
समेटते जाना है राह में मिले पत्थरों की ठोकरों को,
और कुछ नहीं तो भी मैं बन रही हूँ पहले से अधिक मजबूत,
इन्हीं ठोकरों से,
काँटों से गुज़रते हुए भी मुझे चुभन को करना है अनदेखा,
चूँकि चुभते हुए शूलों से हो रही है पवित्रता मेरे रक्त की
भीतर ही भीतर,
और यही नहीं बड़ी-बड़ी चट्टानों के तो मैं ऊपर से जाऊँगी निकल,
नहीं कर सकता मुझको कोई निराश,
हर शय, हर चीज से अब सीखते रहने की है मुझे आस,

मन में है मेरे आशा, शायद मेरे संग में रहने से,
हो जाए कुछ पत्थर नर्म धीरे-धीरे,
चूँकि मैंने यह सत्य जान लिया है,
कि आखिर में, हम सभी ने हो जाना है,
विलीन इन्हीं पाँच तत्वों में,
और मिट्टी के पुतलों ने मिल जाना हैं मिट्टी में,
तो क्यों न मैं कुछ सौंधी खुशबू छोड़जाऊँ,
क्यों न मैं महकती यादें बन जाऊँ

मुझे गर्व है कि मीनाक्षी 'आगमन' में है, उनका 'आगमन' में होना मुझे आश्वस्त करता है। मैं उनकी कविताओं का प्रशंसक हूँ। वे निरंतर निर्भीक रूप से अपनी कविताओं के माध्यम से सामाजिक कुरीतियों पर प्रहार करती रहें क्योंकि यही वास्तव में कविधर्म है, यही मैं उनसे हमेशा उम्मीद करता हूँ।

मीनाक्षी के प्रथम काव्य संग्रह के लिए बधाई। मुझे यकीन है कि उनके इस संग्रह को पाठकगण सराहेंगे। आज मीनाक्षी जैसी कवयित्री की ज़रूरत है इसीलिए उनकी हौसला अफजाई की जानी चाहिए।

शुभकामनाओं सहित

\- **पवन जैन**

मन की बात

मुझे अत्यंत सुखद सी अनुभूति हो रही है कि मेरी रचनाएं प्रकाशित हो रही हैं। हर लेखक का स्वप्न होता है कि उसकी पुस्तक प्रकाशित हो। मुझे लेखन का बचपन से ही शौक रहा किंतु यह आभास नहीं था कि आने वाले समय में यह मेरे जीवन का अभिन्न अंग बन जाएगा। कई बार आपको जीवन में बहुत बाद में पता चलता है कि आखिर आप अपने जीवन में वास्तव में क्या करना चाहते हैं? ऐसा ही मेरे साथ हुआ। कॉलेज के दिनों से ही एक डायरी बनाई हुई थी जिसमें अपने रोज-रोज के एहसास, अपने अनुभव कभी कविता के रुप में, तो कभी लेख के रुप में लिखा करती थी। मेरा रुझान साहित्य की ओर तो हमेशा ही रहा और मैंने अंग्रेजी, हिंदी, अनुवाद अध्ययन जैसे विषयों में स्नातकोत्तर किया। अनुवादक के रूप में व्यावहारिक रूप से भाषा का सामना हुआ और काम करते-करते मुझे अपने जीवन के वास्तविक उद्देश्य का भी पता चला।

सच यह है कि वो डायरी मेरी बेटी के हाथ लग गई और वही मेरी प्रथम पाठक बनी और उसके निश्छल प्रोत्साहन ने मेरे लेखन को डायरी के पन्नों से बाहर निकालने में मदद की। धीरे-धीरे मैने कुछ अवसरों पर अपनी कविताओं को सुनाना शुरु किया और मुझे इतनी रूहानी प्रसन्नता हुई और इतनी बेहतरीन प्रतिक्रिया मिली और एहसास हुआ कि लेखनी की ताकत तो अनमोल है, हम जो भी परिवर्तन लाना चाहते हैं, पहले सोच को प्रभावित करके ला सकते हैं तो बस मैने लेखन को गंभीरता से लेना शुरु कर दिया।

मैं वैसे तो स्वान्त: सुखाय की चाहना में लिखती हूँ किंतु लिखने की प्रेरणा तभी मिलती है जब कोई चीज, कोई घटना मुझे भीतर से कचौटती है। मैं उसे बदलना चाहती हूँ, मन में कई शब्द एक साथ आ जाते हैं उस स्थिति, उस व्यवस्था में बदलाव लाने के लिए आतुर शब्द स्वत: ही तेजी से गिरने लगते हैं पृष्ठों पर। मेरा लेखन आत्मसुख से प्रेरित होकर प्रयोजनमूलक हो जाता है।

मैंने कहीं लिखा भी है मेरे लेखन का उद्देश्य-

'रोज़ फेंकती हूँ मैं शब्दों के असंख्य बीज मन की व्याकुल धरा पर
रोज़ देती हूँ शीतल एहसासों की बौछारें
तपिश की आहट भी कर देती हूँ अर्पित,
मैं विचारों की रोशनी के साथ,
यकीं हैं,
इक दिन तो खिलेगी बगिया
खुशबूदार फूलों से,
और हो जाएगी परिवर्तित तमोप्रधान दु निया
छट जाएगा अंधेरा, नाच उठेगी
वसुंधरा
सच है कलम ही बनेगी संवाहक
नवपरिवर्तन की।

मैं आदरणीय पवन जैन जी का विशेष आभार प्रकट करना चाहती हूँ, उन्होंने मेरी रचनाओं को इतना प्रोत्साहन दिया जिसने मेरे आत्मविश्वास को एक लेखक के रुप में और बढ़ाया। मैं शुक्रगुज़ार हूँ अपने परिवार की जिनके प्यार एवं सहयोग के बिना मेरी लेखन यात्रा शायद संभव न हो पाती। माँ के करीब बहुत रही, आज वो इस दुनिया में नहीं हैं पर अपना पहला संग्रह उन्हें ही समर्पित करना चाहती हूँ। मेरा प्रोफेशन और मेरे सपने एक दूसरे के प्रतिपूरक हैं। यह भी एक और कारण है कि मुझे भीतर ही भीतर संतुष्टि सी रहती है, चूँकि मेरा कार्यालयी कार्य, मेरे लेखन को निखारता है और मेरी लेखन में दिलचस्पी होने से मुझे किसी प्रकार की बोरियत नहीं हो पाती।

मैं प्रत्यक्ष और अप्रत्यक्ष रूप से अपनी राजभाषा हिंदी की तरफ लोगों की मानसिकता को बदलने के लिए भी पुरज़ोर कोशिश कर रही हूँ -

"हिंदी में ही मेरे सब ख्वाब हैं,
हिंदी में ही मेरे सब एहसास हैं,
हिंदी में ही करती हूँ मैं स्नेह और
प्रेम की अनुभूतियां सभी,
और क्रोध प्रकट करने के लिए भी
हिंदी के पास ही सभी जवाब हैं,
हिंदी और मेरा इतना नज़दीकी-सा
रिश्ता है,
हिंदी में ही मेरा सब रुहरुहान है,

मुझे आशा है कि मेरी रचनाओं का प्रथम प्रकाशन पाठकों को पसंद आएगा।

\- **मीनाक्षी भसीन**

अनुक्रमणिका

मैं सर्दी की धूप बन जाना चाहती हूँ

मैं बस मीठे गीत ही गुनगुनाना चाहती हूँ,
आजकल मैं सर्दी की धूप बन जाना चाहती हूँ।

जब नकारात्मकता का छा रहा हो कोहरा अत्यंत घना,
ओझल से हो रहे हो, आँखों में रखे थे जो ख्वाब सजा,
बस तभी मैं इस धुंध को अपनी चमक से काट देना चाहती हूँ,
हाँ ...मैं सर्दी की धूप बन जाना चाहती हूँ।

ओढ़े रज़ाईयां ठिठुरते हुए जब, हम तुम सभी,
बैठे ही रहे और आलस्य से भरे हों बाहर और भीतर से भी,
तभी मैं कुछ इस तरह सभी को पुकारना चाहती हूँ,
हाँ.....मैं सर्दी की धूप बन जाना चाहती हूँ।

चाहत है मेरी सभी की चाहना बन जाने की,
रहे उत्सुकता सभी को सुख-दुख मेरे साथ बाँटने की,
हाथ में पकड़े चाय की प्यालियां,
होंठों में रच के मुस्कानें प्यारी-प्यारी बातों की,
आना चाहे बैठने मेरी किरणों के तले

बस मैं अब ऐसा ही जीवन जीना चाहती हूँ,
हाँ.....मैं सर्दी की धूप बन जाना चाहती हूँ।

ऐसी धूप जो मिटा दे अंधकार को,
ऐसी धूप जो हटा दे, मन के सभी अवसाद को,
ऐसी धूप जो खिला दे, मन की छिपी हुई बहार को,
अरे! ऐसी धूप जिसके आने का सबको इंतजार हो
ऐसी धूप जो भगा दे, रोगाणु कीटाणु निराशा के
बस अब मैं धूप बन के सब जगह छा जाना चाहती हूँ
हाँ.....मैं सर्दी की धूप बन जाना चाहती हूँ।

मैं कविता हूँ, मैं कविता हूँ

मैं कविता हूँ, मैं कविता हूँ
कभी ख्वाबों का जमघट हूँ,
तो कभी भावों का कोलाहल,
कभी रंजिश हूँ, कभी हर्षित हूँ
मैं भावों की बहती सरिता हूँ।

तुम ज्ञान-पोथियाँ पढ़ते रहो,
चाहे उपदेशों को रटते रहो,
नित मंत्र उच्चारण करते रहो
मैं ही हूँ वेदों की वाणी,
मैं ही स्वचिंतन की गीता हूँ।

जो परिवेश में हो रहा है घटित,
कभी व्यवस्थित, कभी खंडित
देख के हो जब मन कुंठित
मैं एकदम से आती हूँ,
तन-मन को स्वस्थ कर जाती हूँ
बिन पैसे के, बिन सिफारिश के
जो मिलती है बस सौभाग्य से,

मैं इक ऐसा ही फरिश्ता हूँ।
जो ला न सके तलवार कोई
मैं वो परिवर्तन ले आती हूँ,
चेतन को जगाने से क्या होगा
मैं अवचेतन में घुस जाती हूँ,
जिस्म तो बस खेल है मिट्टी का,
मैं रुह की धड़कन पाकीज़ा हूँ
मैं कविता हूँ, मैं कविता हूँ।

मैं महकती यादें बन जाऊँ

हाँ, मैं हर क्षण तैयार रखती हूँ अपने मन को,
मिलने वाली तारीफ के लिए,
प्राप्त आलोचना के लिए,
मैंने आजकल ठाना हुआ है,
कि मुझे हर हाल में, हर परिस्थिति में,
बस नदी के पावन जल की तरह बहते रहना है,
समेटते जाना है राह में मिले पत्थरों की ठोकरों को,
और कुछ तो नहीं मैं बन रही हूँ पहले से अधिक मजबूत,
इन्हीं ठोकरों से,
काँटों से गुज़रते हुए भी मुझे चुभन को करना है अनदेखा,
चूँकि चुभते हुए शूलों से हो रही है पवित्रता मेरे रक्त की
भीतर ही भीतर,
और यही नहीं बड़ी-बड़ी चट्टानों के तो मैं ऊपर से जाऊँगी
निकल, नहीं कर सकता मुझको कोई निराश,
हर शय हर चीज से अब सीखते रहने की है मुझे आस,
मन में है मेरे आशा, शायद मेरे संग में रहने से,
हो जाए कुछ पत्थर नर्म धीरे-धीरे,
चूँकि मैंने यह सत्य जान लिया है,
कि आखिर में, हम सभी ने हो जाना है,

विलीन इन्हीं पाँच तत्वों में,
और मिट्टी के पुतलों ने मिल जाना हैं मिट्टी में,
तो क्यों न मैं कुछ सौंधी खुशबू छोड़ जाऊँ,
क्यों न मैं महकती यादें बन जाऊँ..

स्वतंत्रता हमें मिल गई

स्वतंत्रता हमें मिल गई,
दुनिया हमारी खिल गई,
हमें मिल गया स्वतंत्रता का अधिकार,
यानि कुछ भी कर लो, कुछ भी कह दो
बेझिझक, बेबाक हर क्षण रहो तैयार,
बात-बात पर उठा लो अपशब्दों के हथियार,
जाति, वर्ग, धर्म जैसे मुद्दों पर हम हैं लड़ने
मरने को हर दम तैयार,
स्वतंत्रता प्राप्ति हुए कई वर्ष बीत गए,
आगे की सीढ़ी चढ़ना अभी बाकी है,
आगे देश के लिए अभी बहुत कुछ करना बाकी है।

स्वतंत्रता दिवस पर हमें दिखते हैं असंख्य देशभक्ति के
कार्यक्रम, सांस्कृतिक रंगारंग कार्यक्रम
बजते हैं खूब देशभक्ति के गाने ज़ोर-शोर से
हर तरफ झंडे ही झंडे नजर आते हैं,
पर सड़क पर हर तरफ जो बेशुमार नन्हें-नन्हें
मासूम से बच्चे हाथ में हमारे देश के झंडे
बेचते हुए नजर आते हैं,

जो अक्सर अपने छोटे-छोटे हाथों से आने वाली
हर कार के बंद शीशों को इस उम्मीद से थपथपाते हैं,
कि शायद कोई तो उनपें रहम खा जाए,
ज्यादा नहीं तो उनके तिरंगे को महज दस रुपये में ही ले जाए,
तो मिल सके उन्हें एक वक्त की रोटी,
और कई बार हम इतराते हुए बीस रुपये उनके
हाथों में बड़े दानवीर बनते हुए थमा जाते हैं,
हो गई हमारी जिम्मेदारी आजादी के जश्न मनाने की
पर शायद तभी हमें इतनी जद्दोजहद से मनाए जाने वाले
रंगारंग कार्यक्रम बेमानी से नज़र आते हैं।

बच्चे.... जो हमारे देश का आने वाला कल
वे.... तो सड़कों पर भीख माँग रहे हैं,
दो जून रोटी के लिए नित गिड़गिड़ा रहे हैं,
हमारा अन्नदाता किसान, कर्ज में डूब कर मरा जा रहा है
हमारी मिट्टी पर बाज़ारवाद का स्वार्थी झंडा लहरा रहा है,
स्वतंत्रता तो वहशी दरिंदों को मिल गई है कि वो हमारी
नन्हीं परियों की अस्मिता को जब चाहे, जहाँ चाहे, कुचल डाले,
स्वतंत्रता तो अमीरज़ादों को मिल गई है जो पैसे के दम पर
गरीबों के रक्त का भी दाम लगा लें,
स्वतंत्रता को सत्ता में बैठे लोभी लोगों को
मिल गई है कि वो कुर्सी के दम पर

गरीबों को रौंदने की नीतियां बना लें,
जब तक अमीर-गरीब के मध्य यह बड़ी विषमता नहीं दूर होगी,
जब तक शोषण, अन्याय, बलात्कार की चीखें सुनाई देती रहेंगी,
स्वतंत्रता की रुह हमें भीतर ही भीतर कचौटती रहेगी,
असली स्वतंत्रता तब कही जाएगी,
जब हरेक व्यक्ति को जीवन जीने की बुनियादी सुविधाएं
रोटी, कपड़ा, मकान और शिक्षा बिना किसी भेदभाव से मिल पाएंगी
और हर तरफ महज़ इंसानियत ही मुस्कराएगी।

प्रशंसा के विटामिन्स

घर में सुनती हूँ मैं रोज
मत करो तारीफ तुम इतनी,
बिगड़ जाएंगे ये सब,
ऑफिस में सबका है यह कहना,
कि तारीफ का असर पड़ता है अक्सर विपरीत
हो जाते हैं सब बेख़ौफ़ और निकम्मे से,
पर मैं सोचती हूँ, मुझे तो बहुत अच्छा लगता है,
जब आप करते हैं मेरी प्रशंसा,
किंतु बिना किसी दंभ के मैं,
हो जाती हूँ ज्यादा जिम्मेदार,
बिना किसी के कहे, बिना किन्हीं थोपे हुए
नियमों के, अपने व्यवहार के प्रति पहले से
अधिक जिम्मेदार, बन जाती हूँ अधिक समझदार,
मैं करती हूँ स्वयं को और अधिक तैयार,
कड़ी मेहनत करने के लिए, इस तारीफ को
कायम रखने के लिए,
सारा दिन मेरा भर जाता है ऊर्जा से,
मेरी रचनात्मकता पहुँच जाती है सातवें आसमान पे,
जहाँ मैं कर पाती थी बस एक ही काम,

वहाँ बिना थके, बिना रुके हज़ारों ही निपटाती,
हम स्वयं प्रशंसा लेने को रहते तो हरदम आतुर,
पर देने में करते हैं बहुत कंजूसी,
पर अक्ल लगाइये इस पे भी ज़रा सी,
जो शय मेरे लिए हुई है साबित इतनी फायदेमंद
वही कैसे कर सकती है दूजे का नुकसान,
प्रशंसा करना है एक महान सेवा,
यह निःशुल्क पुण्य का कार्य है श्रीमान
अगर चाहत है कुछ सुधार लाने की,
तो पहले दीजिए विटामिन्स प्रशंसा के,
और तब ही दीजिए सुधार का इंजैक्शन,
यही तरीका है लाने का प्रफैक्शन।

मुझसे नहीं होता

जब हर तरफ फैल रही हो विषाक्ता की गंध, हवाओं में तो
शहद में डूबे शब्द मुझसे लिखे ही नहीं जाते हैं,
रोज-रोज खबरों में लड़की रौंदी जाए जिस तरह
प्रेम भरे मधुर गीत मुझसे गाए नहीं जाते हैं,

कंटीली राजनीति नित चुभे भोली-भाली जनता को
माला में सिर्फ फूल ही फूल अब पिरोए नहीं जाते हैं,
सड़कों पे जो भूखी जनता की तादाद नित बढ़ती जाती है
देश के विकास के झंडे मुझसे गाढ़े नहीं जाते हैं,

प्रदूषित हो रहा है मन, प्रदूषित हो रहा है तन
नन्हें मुन्हों के सुनहरे भविष्य के सपने मुझसे देखे नहीं जाते हैं,
अन्न दाता ही जब तरसते रहते हैं दो जून रोटी को तो
अच्छे दिनों के महल मुझसे बनाए नहीं जाते हैं

कल्पनाओं के शहर से निकलना अब जरुरी है,
जमीनी वास्तविकताओं से जुड़ना अब जरुरी है,
झूठे दिलासे देकर छल कर जाऊँ मैं स्वयं से
ऐसे हथकंडे मुझसे अपनाए नहीं जाते हैं।

सावन सभी को मुबारक हो

काश ! हमारे मन मंदिर इतने ही पावन हो जाए,
अबकि बरस हर क्षण, हर दिन सावन ही सावन हो जाए।

ये जो इंसानी जज़्बातों में नीरसता सी छाई है,
शुष्क एहसासों से हर चेहरे पे घोर उदासी आई है,
ओ मेघों! तुम जोर से बरसो, प्यास दिलों की बुझ जाए।

चारों तरफ साम्प्रदायिता की धधकती आग पे जमके बरसो तुम,
नित नई सियासी चालों पे ओ बिजली, जोर शोर से कड़को तुम,
इतना गरज बरस के बरसो मैला अवचेतन धुल जाए।

यह जो वासनाओं से विषाक्त हुई पावन धरती,
कलियाँ रोए, फूल हैं तड़पे, जब कुचली जाए वो बेटी,
ओ सावन! तुम ऐसे आओ, हर मन बगिया बस महक जाए.......

उमंग उत्साह के झूलें झूले, खुशियों के बादल छा जाए,
मन मयूर नाचे यूँ छम-छम हवा की शीत लहर सी चल जाए,
तपती धरा पर बूँदें यूँ बरसे आत्मा निर्मल हो जाए।

माँ की परिभाषा संभव ही नहीं

माँ को देखा हरदम चिंता से घिरे हुए,
घर की, पापा की, हमारी
मुझे माँ से, माँ को मुझसे था असीम प्यार,
इस बात से तो कोई नहीं इंकार,
माँ से बात करने को मैं हरदम थी तैयार,
माँ से लिपटना, गले लग जाना ही
काफी था, हो जाते थे सभी गिले-शिकवे बेकार,
पर माँ का अर्थ समझने की कोशिश ही नहीं की,
जब तक माँ थी मेरे आस-पास,

'माँ' क्या है' यह समझा मैंने माँ के जाने के बाद,
और स्वयं माँ का ओहदा पाने के बाद,
आज माँ के लिए मेरे पास शब्द ही नहीं हैं,
माँ की तुलना कोई नहीं, इसमें कोई शक नहीं है,
माँ बच्चों के लिए मीठा-मीठा सा एहसास है,
माँ टूटती हुई आशाओं की शीतल आस है,
माँ जीवन को जीने का सुनहरा सा ख्वाब है,
बड़े खुशनसीब हैं वो बच्चे जिनकी माँ आस-पास है,

माँ एक ऐसा अमृत जो तृप्त न होने वाली प्यास है,
माँ की दुआ जादू है, माँ के जज्बात बच्चों के लिए बेकाबू हैं,

माँ सुकून है, माँ शहद है,
सभी रोगों की औषधि, माँ का प्यार से सहलाना,
दुखी मन में सबसे सुखदायी माँ के गले लग जाना,
दुनिया का सबसे स्वादिष्ट पौष्टिक भोजन माँ के हाथ का बना खाना,
दुनिया की सबसे मीठी आवाज़ माँ का पुकारना,
सबसे निश्छल छाँव, माँ का आँचल,
सबसे बेहतरीन बिस्तर माँ की गोद,

माँ जो भी दे प्यार से
उसकी तुलना नहीं किसी भी महंगे उपहार से,
और जो कभी दे दे डांट या फटकार, या फिर पड़ जाए मार,
तो याद रखना स्वस्थ मन और तन का
उससे उत्कृष्ट नहीं कोई उपचार,
माँ जैसा रिश्ता लौकिक पारलौकिक संसार में संभव ही नहीं
माँ को शब्दों में दर्शाना सच में वैसे मेरे तो बस में ही नहीं...

शिक्षा प्रणाली

कल्पनाओं के शहर की धज्जियाँ उड़ाती हुई शिक्षा प्रणाली
शिक्षा क्या है- सीखना, याद करना,
अपनी कल्पनाओं को रचनात्मक रुप देकर
कुछ ऐसा कर गुज़रना जो हो
समाज की प्रगति में सहयोगी साबित,
पर वर्तमान शिक्षा तो
कल्पनाओं के मार्ग को ही कर रही है बाधित,
कह रहे हैं आज की शिक्षा हो गई आसान,
पर आज तो किताबों को रटते रहने में ही
लगी हुई है नन्हीं जान,
हर दिन होती है कक्षा-परीक्षा
हर सप्ताह चले हैं अब यूनिट टैस्ट,
कभी दो टर्मिनल परीक्षा, तो कभी
हाफ इयरली या फाईनल परिक्षाओं का झंझट,
शिक्षा है या परिक्षाओं प्रतियोगिताओं का मेला,
हर क्षण, बस बिना समझे, बुझे दिल से
कुछ न कुछ रटते रहने का ही झमेला,
आफत तो दो माह की छुट्टियों की
माँ-बाप के सिर पर आ जाती है,
जब हर मैडेम गूगल में सर्च करते रहने का ही काम
नन्हें से छात्रो के हाथों में थमाती जाती है,
यह कैसी शिक्षा प्रणाली है जो हमारे बच्चों के

खेलने के समय को धीरे-धीरे चुराती जाती है,
मैं आजकल तीन पाली का काम करती रहती हूँ,
सुबह ऑफिस, घर और रात को जाग कर
गूगल ही सर्च करती रहती हूँ,
कोई कहता है कौस्टर बनाओ,
कोई कहता है टेबल मैट,
किसी ने दिया डिजिटल टीशर्ट बनाने को
तो किसी ने छोड़े कई मॉडलों के रॉकेट,
अब तो दुकानें सज गई हैं,
आपके बच्चों का छुट्टियों का काम करने के लिए,
शिक्षा कई बेराजगारों का रोजगार बन गई है,
अच्छी खासी कमाई करने के लिए,
फिर कहते हैं कि बच्चे आज बदतमीज हो गए हैं,
सही तो है सूचनाओं को संचित करते हुए
ज्ञान पोथियों को नित रटते हुए,
नैतिकता को तो हम काफी पीछे छोड़ चुके हैं,
रिपोर्ट कार्ड में ग्रेडिंग बहुत आ गई है
ईमानदारी, सहयोग, मित्रता, सत्यता, जैसे मूल्यों पर
गलाकाट प्रतियोगिता की मोटी परत जो छा गई है
मेरा बेटा 'दीप' बिखरे हुए टुकड़ों को जोड़कर
कई खूबसूरत चीज़ों का निर्माण करता है,
वो झाड़ू के तीलों से तलवार, धनुष और जाने क्या-क्या बना कर अजब चमत्कार करता है,
मेरे घर के हरेक कोने पे नज़र आती है उसकी
रचनात्मकता की शानदार तस्वीरें,

पर मेरा ही कहना है कि वो हर पल
अपना समय ही तो बर्बाद करता है,
कितनी सारी हैं किताबें,
कितने सारे देने हैं उसे टैस्ट
अब तो उसकी पीड़ा का क्या कहूँ
मुझ को ही होने लग जाता है स्ट्रैस,
पर जब कभी भी मैं तन्हा
शिक्षा के हालात पर विचार करती हूँ,
तो मैं भी रटते रहने से ज्यादा
उसकी रचनात्कता पर बहुत ही नाज़ करती हूँ
शिक्षा तो रह गई है मात्र प्रतियोगिता करते रहने की,
रट रटकर लिखने की, वांछित अंक न लाने पर
चौतरफा टेंशन लेने की,
आज हम सीखने के लिए नहीं,
अपितु हम पढ़ते हैं मात्र अच्छे अंक लाने के लिए,
जब लक्ष्य ही नहीं ठीक तो मंजिल है दूर
अभी जीवन में कुछ उपयोगी या सार्थक कर जाने के लिए.....

झूठ इतराता है स्वयं पर कई बार

झूठ इतराता है स्वयं पर कई बार अक्सर
कि हो गई उसकी विजय
बना दिए उसने काम,
जो हो ही नहीं सकते थे
उसके बिना,
जीत रहा है वो सभी रिश्ते,
वो एहसास जो उसकी पहुँच से
बाहर थे अभी तक,
पर इतराने में, फुसलाने में
लोगों को बेवकूफ बनाने में,
झूठ इतना मशगूल हो गया,
कि उसे मिलने वाली बेहिसाब बद्दुआओं
की दलदल में वो कब फँस गया,
उसे पता ही नहीं चला,
और उस दलदली कीचड़ को चीरते हुए
निकल ही गया सत्यता का कमल आखिर में
जीत ही गई सच की नाव,
चाहे मंजिल तक पहुँचने में हिलती है, डुलती है
डगमगाती है,

और भान होता है कि मंजिल तक पहुँचने में
देर भी लगाती है,
पर यह बात सौ प्रतिशत प्रमाणित है दोस्तों,
अपने लक्ष्य तक सच की कश्ती पहुँच ही जाती है,
पर झूठ की नाव चाहे चल रही हो तेज
बहुत रफ्तार हो इसकी आगे निकलने की,
पर अक्सर मंजिल तक पहुँचने से ठीक पहले
यह डूब जाती है और रह जाती है दलदल
सिर्फ दलदल, सिर्फ दलदल और सिर्फ दलदल।

स्त्री की पुकार, तब भी आज भी

रावण ने जब सीता जी पर कुदृष्टि का वार किया
छुआ नहीं, उसे छुआ नहीं
नैतिकता से दुर्व्यवहार किया,
तब भी श्री राम चंद्र ने
कर डाला हर भरसक जतन,
जैसे भी करके उस असुर का
जल्दी से संहार किया,

आज धरा की हर गली में
बेखौफ़ हो रावण फिरते हैं,
घूरना, छेड़ना तो
हक समझे वो अपना,
जिस्म को रौंदा करते हैं,
राम नहीं आता कोई भी
श्री राम का लेते नाम सभी
जपते माला, जपते मंत्रों को
दिल में जरा भी संताप नहीं,
हर क्षण तेरी भूमि में श्री राम जी
सीता इक कुचली जाती है,

जिस्म है जख्मी, रुह है तड़पी
उसपें न्याय में देरी बड़ा सताती है,
कैसा युग है, कैसी दुनिया,
शोषित यहाँ चीत्कार करें
शोषक छूटे, आबरु लूटें,
हर क्षण न्याय व्यवस्था का बलात्कार करें,
जब तक इन खुंखारों से न सख्ती से
निपटा जाएगा,
हर दिन, हर पल इन हैवानों का नित
हौसला बढ़ता जाएगा,
ऐ सीता! अब न देख चौखट पे
कोई राम न तुझे बचाने आएगा.....

अकेले सुनसान रास्तों पे

मुझको अकेले सुनसान रास्तों पे जाते हुए लगता है
आज भी अजीब सा डर,
मैं कर ही क्या पाऊँगी, यदि वो मनचला भाग गया
मुझ पर अटैक कर,
दुपट्टे से मैं अक्सर स्वयं को
कुछ इस तरह लपेट लेती हूँ,
कानून तो शायद अक्षम है मुझे सुरक्षा देने में,
मैं तन को पूरा ढक के चलने में ही
अपनी सुरक्षा मान लेती हूँ,
इधर-उधर देखने की मैं हिमाकत नहीं करती,
क्योंकि वो नजरें जो मुझे ऊपर से नीचे
खूंखार भेड़ियों के तरह घूर रही हैं,
न जाने मेरे पूरे ढके हुए शरीर में भी क्या ढूँढ रही हैं,
मैंने बचपन से ही मुँह पे ताला लगाया हुआ है,
'एक चुप सौ सुख' मेरी माँ ने मुझे यही सिखाया हुआ है,
पर माँ तो मेरी चली गई, और अब तो मैं भी माँ हो गई,
पर मैं भी अपनी बेटी से वही उम्मीद रखती हूँ,
कोई मनचला कस रहा हो फब्तियाँ, कर रहा हो कोई इशारे
तो चुप रहने की ही सलाह देती हूँ,

और मुझे यह कहने में कोई अफसोस नहीं,
रोष तो ठसाठस भरा हुआ है मेरे मन में,
पर आम इंसा का चलता यहाँ कोई ज़ोर नहीं,
रोज़ तो छोटी नन्हीं कलियों को
यूँ बेकदरी से रौंदा जाता है,
जंगली जानवर भी न कर पाए ऐसे काम
जो यह इंसानी कलेवर में छिपा दरिंदा करे जाता है,
किसी की इज्जत को बस चटपटी हैड लाईन बनाकर
मात्र दो–चार दिन विज्ञापनों से भी भरपूर पैसा लिया जाता है,
फिर न्याय तो मिलता नहीं, तो खबरों के लिए
नया विकटिम तलाशा जाता है,
लड़की की आत्मा को, शरीर को तो कुचल ही डाला,
उसके परिवार का नित ही बलात्कार किया जाता है,
इतने बदतर हालातों को देख 'मीनाक्षी' का मन तो
कोर्ट, कचहरी, कानून, पुलिस, वकील के ख्याल से ही घबरा जाता है,
शोषक तो यहाँ सीना चौड़ाकर घूमा करते हैं सड़कों पे,
शोषित को ही हर बार लूटा जाता है,
गुंडे, मक्कार तो नाच रहे इंसानियत की लाशों पे,
शरीफ इंसान ही कानून से यहाँ घबराता है,
जिस शख्स को मैं मारना चाहूँ ज़ोरदार थप्पड़
उसको भी मुझे इग्नोर करना पड़ जाता है.....

माँ बिगाड़ कर रख देती हैं बेटियों को

आँख खुलते ही जब पलती हैं परियां छोटी सी
शीतल आँचल की छाँव में,
महफ़ूज़ सी सिमट कर उस नि:शुल्क वात्सल्य के
दायरे में बाँध लेती हैं माँ, बेटियों को,
माँ बिगाड़ कर रख देती हैं बेटियों को.....

हमारे अनेक नखरों को देती जाती हैं स्वीकृति मंद
मुस्काते हुए, कभी वो गुस्सा दिखाते हुए जो
वास्तविकता में था ही नहीं कहीं दिल में,
बस माँ होने का रुतबा दिखाना था,
फिर अगले ही क्षण में आवाज़ें लगाने लगती हैं बेटियों को,
माँ बिगाड़ कर रख देती हैं बेटियों को.....

खा ले रानी, खा ले गुड़िया, प्यारी मेरी
कल पक्का बना दूंगी तेरी मनपसंद सब्जी,
वादा है मेरा अपने स्वाद को बदल देती हैं
उन व्यजंनों में जो पसंद है हमें,
फिर ऑफिस से आते हुए ले आती हैं,
हज़ारों चीज़ें, लाखों सपनें आँखों में सजाने के लिए हमारे लिए
माँ बिगाड़ के रख देती हैं बेटियों को.....
अप्रत्यक्ष रुप से मैंने सोचा क्यों करने लगती हैं शिकवे,
बेटियाँ शादी के बाद अक्सर बयां करने लगती हैं अपनी

उलझनें, अपनी उदासी, अपनी बेबेसी और उपेक्षित इच्छाएं,
चूँकि अथाह, अनवरत प्यार की बूँदें मिल रही थी उसे
माँ के शासन में, तितली बन उड़ रही थी वो हर मोड़ पर
उस यकीं के साथ हर हाल में समेट लेगी माँ उसे,
बचा लेगी माँ उसे, जब किसी ने उठाई उंगली ज़रा सी
भी मुझ पर, तो माँ ही काफ़ी थी बिना वेतन के उस सुरक्षा गार्ड की
तरह हर जगह, हर क्षण इतनी सुरक्षा देती हैं माँ बेटियों को,
माँ बिगाड़ के रख देती हैं बेटियों को.....

फिर अचानक छूट जाता है वो घर, वो आँगन, वो मोहल्ला
वो बेइंतिहा प्यार दे रही माँ स्वयं ही रुख्सत कर देती हैं बेटियों को,
अनदेखा, अनजान, अज़नबी सा घर जहाँ पहले पहल तो शब्द
निकालते हुए भी लगता है बहुत डर,
जहाँ आपकी पीठ थपथपाने वाला कोई नहीं,
जहाँ समझाई जाएगी सिर्फ आपको अपनी जिम्मेदारियां हर पल,
आपकी नासमझी या ज़रा सी गलती को भी बना दिया जाएगा मुद्दा
चर्चा का दिनभर आपको कोसने का,
जहाँ बेरुखी ही दिखेगी आपको चेहरों पर, नज़रों पर
जहाँ कह कर आपको बेटी मात्र शब्दों से
पहना दिया जाएगा बहु का तमगा,
शब्दों और सोच की दूरी का शिकार बनना पड़ता हैं बेटियों को
सच ही तो है माँ बिगाड़ के रख देती हैं बेटियों को.....

प्रकृति के मूल्य को समझो

श्रमिक राहगीर चिलचिलाती धूप से त्रस्त
अक्सर सो जाते हैं वृक्ष के नीचे,
आँखें मूंदें, जब हवा से मचलते पत्ते
सहसा पसीने से लथपथ उनके थके हुए
तन-मन को शीतल करते हैं,
मैं भी अक्सर जब चलती हूँ कहीं पैदल
निकलते ही खोजती हूँ वो राह, वो गली,
जहाँ हरे-भरे पेड़ों की कतार हो,
हवाओं के झोंके हो, फूलों की बहार हो,
कोई नहीं हैं इस जहाँ में, राजा हो या रंक
निरक्षर हो या फिर बुद्धिजीवी शिक्षित वर्ग
जिसे नहीं मिलता हो असीम सुख,
ठंडी हवाओं में, प्रकृति के नज़ारों में, नदियों के पास,
हरियाली से लबालब पर्वतों पर मनमोहक दृश्यों के बीच
तभी तो प्रति वर्ष जाते हैं गर्मी-सर्दी की छुट्टियों में,
मजे लेने प्रकृति की हसीन वादियों में,
हम लोग कृत्रिम दुनिया से निकलकर,
समेट कर लाने को आतुर हो जाते हैं वो सुख,
वो सुकून जो नहीं दे सकता हमारा धन,

हमारा रुतबा, हमारी शानोशौकत,
हमें समझना चाहिए मूल्य ईश्वर प्रदत्त प्रकृति का,
जो सेवा कर रही है हम नाशुक्रगुजार, तथाकथित
समझदार इंसानों की, इतने वर्षों से,
और हम कर रहे हैं इसे शोषित आखिर क्यों......

तब महसूस होता है यह वृक्ष बिना कुछ चाहे
बिना कुछ माँगे कर रहे हैं हमारी सेवा,
इन्हें नहीं देना पड़ता कोई मेवा,
जब ऑन करते हैं हम एसी,,
तो आते हैं हज़ारों के बिल,
कमरे के भीतर तो चाहे एहसास हो हिल स्टेशन का,
पर जरा बाहर खड़े हो जाओ एसी के, तो इतनी गर्म हवा
तो हमारे सूरज महाराज भी नहीं देने में समर्थ,
जितनी यह महंगी मशीन,
फेंकती है बाहर बिखरी हवा में,
हमारे द्वारा खरीदी हुई मशीनें भी हैं हमारी ही तरह स्वार्थी,
जो मात्र लेने में ही करती हैं विश्वास,
बेपरवाह रहती, कुछ न कहती, न देती ध्यान,
पर ये तो निष्प्राण मशीनें हैं, बिना मस्तिष्क के
बिना धड़कते हुए दिल के, हम तो हैं विवेकशील
बुद्धिमान कहे जाने वाले उत्कृष्ट मस्तिष्क से ओत-प्रोत

ईश्वर की सर्वश्रेष्ट रचना,
हमें क्यों नहीं लगता है डर,
अपने आने वाले कल से,
जो बोएँगे, वही पाएंगे
हम तो बो रहे हैं अपने पतन के बीज
तो उगेंगे ही प्रलय के फूल,
फिर हम कुछ न कर पाएंगे,
हाथ मलते हुए भरसक पछताएंगे,
जब नहीं मिलेगा जल, प्राण वायु, वो ठंडी हवाएं,
हरियाली, फूलों की खुशबू शायद तभी हम,
ईश्वर की असीम नि:शुल्क कृपाओं के मूल्य को समझ पाएंगे
किंतु हाय-हाय करते ही रह जाएंगे......

हाँ, मुझे तुमसे इश्क है

बहुत पढ़ती रहती हूँ इश्क-मुश्क की बातें
इज़हार वो आकर्षण वो पहली नजर का प्यार
कितने ही किस्से, कितनी ही कहानियाँ
भर देती है रोमांच से वो निडर बेबाक जवानियां
कई बार की, मैंने स्वयं से यह शिकायत
मुझे तो नहीं हुई किसी से, न किसी को मुझसे मोहब्बत
वो छिप-छिप के मिलना, बात करने में झिझकना,
हाथों में हाथ डालकर करना सैर-सपाटे
कोई तो लेकर आता लाल गुलाब मेरे भी वास्ते
पर धीरे-धीरे मेरा नजरिया बदल रहा है,
मेरे उनके साथ से तो हमारा घर निखर रहा है
वो जब मैं उनके टिफिन में डालना चाहती हूँ,
खाने की ऐसी चीजें जिन्हें वो चाटते ही रह जाएं
खिलाना चाहती हूँ उन्हें ज्यादा से ज्यादा
अच्छे से अच्छा, मन ही मन जब मैं कामना
करती रहती हूँ उनके उज्जवल भविष्य की,
उनके बेहतर स्वास्थ्य की, उनके चमकते कैरियर की
हाँ, सच में मुझे उनसे इश्क ही तो है...

जब हम बातें करते हैं, तो बाँटते हैं
एक-दूसरे के न सिर्फ सुखी पल पर
दुखी मन की खोलते हैं परतें, देते हैं
सांत्वना अजीब सा सुकून होंठों पे हँसी के साथ
हमेशा ही होता है एक दूसरे के साथ
होने का आश्वासन होता है अपनापन
चाहे नहीं होती खूबसूरती बयान करती शायरी,
न होता है हाथों में गुलाब, न कोई उपहार
न कजरारे नयनों और काली जुल्फों का कोई जिक्र,
पर होती है इक-दूजे की फिक्र
जिसका किया जा सकता है एहसास
जो है किसी भी शय से खास
हाँ, सच में मुझे उनसे इश्क ही तो है...

हो गए विवाह को हमारे इतने साल
पर लगता है रिश्ता अब हमारा हो गया है
और पक्का, खासमखास दूर होने का कभी
स्वप्न में नहीं आता है ख्याल,
जब घूमने का सोचे तो दोनों साथ ही जाना चाहे
आउटिंग हो न संभव तो पार्क में टहल के आएं,
खूबसूरत लगने को मुझ पर नहीं है कोई प्रेशर
सादगी कपड़ों की, सादगी विचारों की ही लगती हैं बेहतर,

छुट्टी हो तो इक-दूजे का संग ही भाए
साथ-साथ हम कितने ही मूवी शो देख आए,
सब्जियां, फल हों या हों पंसारी की दुकान पे जाना
जो भी लाना हो मिलकर ही लेने जाएं
हाँ, सच में हम तो इश्क में ही हैं...
साथ-साथ रहकर, साथ-साथ बनाते हुए
भविष्य की योजनाएं, कभी हँसी ठहाका
कभी-कभी धीमे से मुस्कराए,
एक जब दुखी हो तो दूजा भी दुखी हो जाए
लगी थी जब मेरी नौकरी वे मिठाई बाँट आए,
कभी-कभार की छोटी मोटी तकरारों में भी
मन में रंजिशें न आ पाएं,
इंजीनियर हैं फिर भी मुझे काव्य गोष्ठियों में लेकर जाएं
साथ निभाते हुए मुश्किल, खुशियों की घड़ियों में भी
जब रिश्तें न बदल पाएं,
बस इक दूजे का ख्याल रखते ही जाएं
सच में हम दोनों इश्क में ही तो है...

सहेलियाँ

सहेलियाँ बहुत बनाती थी मैं,
बचपन में, स्कूल में, कॉलेज में,
हर दम रहता था मन में उल्लास
करती थीं नित हम मिलने की आस
चारों तरफ हँसी की चहक रहती थी
जब बैठती थी मिल सखियां आस-पास...

कोई औपचारिकता ही नहीं,
जो जैसे आया ख्याल वैसे ही
उतार दिया दिल का बवाल,
मन में बिछता ही नहीं था,
छल कपट का कोई जाल,
सच में सहेलियाँ होती हैं बहुत खासमखास...

पर जैसी ही बंधी विवाह बंधन में,
उलझने सी लगी नूतन रिश्तों में,
मैंने स्वयं ही बना ली दूरी,
लगता था इतने रिश्तें तो हैं निभाने को
कोई तन्हा तो नहीं पड़ी हूँ

फिर क्या है सहेली बनाने की मजबूरी,
समझ नहीं पाई वो इक राज
सच में सहेलियाँ होती हैं बहुत खासमखास...
ऐसे ही दिन निकलने लगे,
कई अनकहे जज़्बात मन के किसी
लापता कोने में सिमटने लगे,
कई प्यारे चेहरे, कई बार मिले
दोस्ती के फूल मैंने खिलने न दिए,
मन पे कई जिम्मेदारियों का बोझ था
सहेलियां न होने का कोई न अफसोस था,
पर अंदरुनी रंज से मन तो हुआ उदास
सच में सहेलियाँ होती हैं बहुत खासमखास...

पर आजकल फिर से आ गई हैं बन के तितलियाँ,
मेरे जीवन की बगिया में प्यारी सी सहेलियाँ,
हरेक रिश्ते की अपनी है अहमियत रंगोली सजाने में,
इंद्रधनुष बन ही नहीं सकता किसी एक रंग के भी जाने से,
तो बोझिल मन को, शिथिल पड़ी, सुस्त हुई, बेज़ान पड़ी हुई
जिंदगानी के लम्हों को, तरोताज़ा बना जाती सहेलियाँ
मन होता नहीं कभी निराश,
जब सब मिलकर निकाले दिल की भड़ास,
सच में सहेलियाँ होती हैं बहुत खासमखास.....

कितना आसान है न सच में

झुंड सा बनाकर, फब्तियाँ कसना,
शरीर का एक्सरे करते हुए घूरना
सचमुच कितना आसान है न,
पर उस चीखती हुई लड़की को जो पुकार रही है मदद को
आँखों में लिए प्रतीक्षा कि कोई तो तथाकथित
मर्द या नारी सशक्तिकरण की मिसालें
आएँगी उसे बचाने को,
पर ऐसी तड़पती, चिल्लाती हुई
लड़कियों की ओर मदद या सहायक के रुप में
भागना है बहुत मुश्किल....

वो मोहल्ले में, गली के झगड़े को,
वो लोगों की चिल्लाहट,
गाली-गलौज सुनना अपनी बॉलकोनियों से
चाय की चुस्कियां भरते हुए, मंद-मंद मुस्काते हुए,
दूसरों का न्यायधीश बन सलाहें देना,
वो आँखों में चमक आ जाना,
कि आज तो सारे दिन वार्तालाप का जो
इतना चटपटा सा विषय मिल गया घर बैठे-बैठे,
इस तरह खुशी से अपनी इंसानियत पर
इतराना सचमुच कितना सहज है न,
पर वो पार्किंग के लिए मुस्कराते हुए अपनी जगह दे देना,

वो बीमार मैड की ज्यादा छुट्टी पर तनख्वाह पूरी दे देना,
लगता है कितना मुश्किल...

गलत काम करने के लिए,
किसी शरीफ को फँसाने के लिए,
या फिर स्वयं के अगणित ऐसे काम निकालने के लिए,
जो शराफत से नहीं हो रहे,
लाखों रिश्वत में दे आना,
लगता है आसान न,
पर वो कुछ है कि सड़क पर चलते हुए
नन्हें बच्चों को कुछ पैसे न सही
कुछ खिला देना,
किसी थके हुए मजदूर या रिक्शाचालक को,
दस रुपये ज्यादा दे आना,
लगता है कितना मुश्किल न...

कैसी इंसनियत की हो गई है तस्वीर यारों,
जिसे करना होना चाहिए, अंतरात्मा को कठिन
वो तो करने लगते हैं हम सभी बेझिझक,
पर जो है इतना सरल और आसान,
उसे कर देने में जाने लगती है हमारी जान,
अब तू ही हमें सदबुद्धि दे भगवान....

मेहनत रंग लाई जो न होती

तुमने हमें बेरुखी यूँ इतनी, दिखाई जो न होती,
तो हमने अपनी शख्सियत भी यूँ आज़माई न होती।

जमीं पर ही रह जाते, ख्वाबों के पंख न लगते,
पीछे से ये ठोकरें तुमने, हमको लगायी जो न होती।

देख ही न पाते हम तो असलियत तेरे मंसूबो की,
जो तुमने विश्वास के घरौंदे में यूँ सेंध लगायी न होती।

सच्चाई, ईमानदारी तो जानिब छिपी वो आग है बर्फ की,
यह अंगारें न धधकते, तुमने चिंगारी जो लगाई न होती।

मुखौटों की इस नगरी में रहने की आदत तो बन चुकी है,
तुम्हें भी बर्दाश्त कर लेते अगर फितरत तुमने छिपाई जो न होती।

बेशक चमचों, सिफारिशियों की ये बिसात सी बिछ गई या रब
'मीनाक्षी' तो टूट ही जाती, अगर मेहनत रंग लाई जो न होती।

ये जो ख्वाब होते हैं

सुनो तुम! ये जो ख्वाब होते हैं न
यह नहीं देखते कभी जाति, धर्म, रंग-रुप, पद, धन,
ये तो बिना दस्तक दिए ही, बिना किसी आहट के
कभी भी, कहीं भी घुसे चले आते हैं, मन के भीतर,
उफ ! ये तो खटखटाहट भी नहीं करते
कमबख्त होते ही ऐसे हैं, ये निष्ठुर
और तो और
इन्हें कहाँ हैं सरोकार
कि यह लड़की है या लड़का,
ये तो बस नियत देखकर ही घुसपैठ करने
लगते हैं हमारे दिलों के दरवाज़ों में,
सजने लगते हैं सोती या जागती आँखों की
पलकों पर और बैचेन करने लगते हैं,
पर इस बैचेनी के साथ ही सुकून भी
तो मिलता है न खामोशी से।

इन्हें क्या पता कि मुझे तो न दिखाई देने वाली
चारदिवारियों में रहना है,
इनके आने से तो खलबली मच जाएगी,

इन सीमाओं पर जिन्हें मैंने ही तो
कितनी सदियों से अपने भीतर ही भीतर
बनाया हुआ है,
नहीं, नहीं,.. मैंने नहीं.. जो मुझे विरासत में मिली हैं..
अपने पूर्वजों से,
मैंने तो बस मौन स्वीकृति देकर
इन सीमाओं को मजबूत बनाया है,
पीढ़ी दर पीढ़ी, हर जन्म,
पर ध्यान से सुनो तुम आज!
मुझे न कोई 'अनारकली' बनने का नहीं है अब रहा शौक
कि मैं स्वयं को जिंदा चुनवाती रहूँ
पत्थरों में चुपचाप,
और मुझे हो न कोई घुटन,
इन लाखों, अनकही, अनसुलझी, चुपचाप कई वर्षों से पड़ी हुई
सहमी सी धीमे से मेरे अस्तित्व पर मुस्कराती हुई
सीमाओं के आस-पास ही सही,
बस..अब तुम मुझे मेरे ख्वाबों का
इक छोटा सा कोना दे दो,
इन ख्वाबों को बस अपनी मुस्कराहट की बरसाते दे दो,
और जो निकलें इन ख्वाबों की नन्ही से कोपलें
तो तुम बस अपने प्यार की इनको ज़रा सी थपथपाहट दे दो,
देखो ! मैंने भी सदियों से

तुम्हारे ख्वाबों को अपने समर्पण की
उर्वरा मिट्टी से सींचा है,
वो भी बिन माँगे स्वत: ही अपने स्नेह
से तुम्हारी घर आँगन की फुलवारी को समेटा है,
तुमने तो सोच लिया कि वो तुम्हारा हक ही था लेकिन
मैं तो सदियों से तुमसे अपने हक को
बस माँगे ही जा रही हूँ सिर झुकाकर,
और न जाने इस राह में क्यों? कहाँ? से मेरे ही मन में
आ जाते हैं वो अपराधबोध के बादल
जो मैं देने लगती हूँ तुम्हें हर पल ये आश्वासन
कि मैं तुम्हारे घर आँगन की फुलवारी को देती रहूँगी
मैं अपने हिस्से का भी सब पानी,
तुम तो बस मेरे ख्वाबों की बगिया को
मेरे हिस्से की कुछेक बूँदें दे दो.........

शब्द लिए होते हैं अद्रश्य एहसास

मैं कई बार सोचने लगती हूँ कि कुछ भी, किसी को भी
कहना बहुत आसान है,
पर कहने से पूर्व अगर हम सभी यह सोच लें,
अपनी चेतना, अवचेतना को ज़रा ढ़ंग से टटोल लें,
कि क्या हमारे शब्दों, हमारे कर्मों में है एकरूपता,
क्या हमारे बेहतरीन, उम्दा से उम्दा सुनाई देने वाले
शब्दों में इतनी वास्तविकता है कि वो झलक जाते हैं,
हमारे व्यक्तित्व में,
महका जाते हैं हमारे अस्तित्व को,
या बस महज़ किसी को बोलने के लिए ही
बोल जाते हैं हम वो असंख्य शब्द,
सहसा ही, अचानक ही बिना किसी मतलब के,
बिना किसी एहसास के, बिना किसी आत्मिक झंकार के,
पर शब्दों के जादूगरों! ज़रा संभल के, ज़रा सावधान,
निरे शब्दों से कब कोई होता है आप पर मेहरबान,
ठीक है पहले पहल आपके मीठे, खूबसूरत शब्द जो
हो पूर्ण शिष्टाचार से, बना सकते हैं किसी को आपका अपना,
आपका दोस्त या आपका प्रेम,
पर आपको इतराने की जरुरत नहीं है जनाब, यदि शब्द मात्र शब्द हैं

वैसे खोखले हैं, गहराई नहीं कोई तो उतरने लगते हैं यही शब्द
दिल से, कटने लगते हैं रिश्तें स्वत: ही, धीरे-धीरे,
शब्दों के साथ कुछ खामोश एहसास होते हैं, शुभ भावनाएं होती हैं,
और सच्चाई, ईमानदारी की चाहे कोई ध्वनि न हो,
पर आप माने या माने इनमें भी चलती फिरती जान होती है,
एक अनोखी सी अदृश्य पर, बेहद मजबूत पकड़ बनाने वाली
पहचान होती है,
शब्द बस कुछ देर तक ही असर कर सकते हैं,
पर ये जो महसूस की जाने वाली खामोशियां हैं
इन्हें कम न जानो तुम,
इन पर ही दुनिया आखिर में मेहरबान होती हैं,
और अगर मिल जाए खूबसूरत शब्दों के संग
खूबसूरत से सच्चे ईमानदार एहसास
तो बन जाएंगे आप इतने खास सबके लिए
हमेशा के लिए,
चयन आपका है क्या चाहिए आपको
महज़ खूबसूरत शब्द
या खूबसूरत एहसासों में डूबे हुए ईमानदार और सच्चे शब्द
सोच लीजिए,
अभी तो उम्र बाकी है.....

मेरे दिल को धड़कने दो

मुझे नहीं बनना है अब देवी कोई, मुझे तुम साधारण ही रहने दो,
तुम तो यार मेरे बस इतना करो, मेरे भी ख्वाबों का दरिया बहने दो।

तुम्हारा घर, तुम्हारे बच्चे, तुम्हारी नौकरी, तुम्हारी चाकरी,
यह रखती हूँ मैं सदैव अपने सिर माथे पे,
पर जो मेरी ये दबी, संकुचाई सी ख्वाहिशें हैं,
धीरे ही सही मगर अब मुझको कहने दो।

तुमने तो हमेशा से ही जब भी, कुछ भी, जीवन में करना था,
किया नहीं अनुरोध कभी, बस इक आदेश सा जारी करना था,
यह जो मेरा दिल, मेरी धड़कन मुझसे हरदम कहती है,
फिर मेरे सपनों की दुनिया क्यों आखिर यूँ छिपी-छिपी सी रहती है,
पहचान बनानी है मुझको अपनी, तुम अब यह एहसान जताने रहने दो।

मुझसे तो बेहतर लागे पवन मुझे, जो निश्चित होकर तो बहती है,
क्यों व्यर्थ ख्वाब सजाती हो, पलकें आँखों से शिकायत करती हैं,
तुम में, मुझ में तो कोई फर्क नहीं इक जैसा रक्त, इक जैसा दिल
जो तुम्हें सहज मैं देती हूँ मुझको देने में क्यों हो तुमको मुश्किल,
साथ निभाउंगी तुम्हारा हरदम, बस बेधड़क मेरे दिल को धड़कने दो...

अभाव क्या है

अभाव क्या है, पैसों की कमी, खाने के लाले,
टूटे हुए घर, फटे हुए कपड़े, शिक्षा न ले पाना,
आर्थिक तंगी, पक्का घर न होना, हर पल हाथ
तंग रहना, चेहरों की झुर्रियाँ, मैला जिस्म,
पर अक्सर तो वो ज्यादा रोते हैं, कलपते हैं,
हर वक्त शिकायतें करते हैं, मदद करने से
जी चुराते हैं, हर बात पे मुँह बनाते हैं,
चार पैसे देने पड़े कभी फालतू किसी जरुरतमंद को,
तो बड़ा सकपकाते हैं, हर बार बस बड़बड़ाते हैं,
कोसते रहते हैं किस्मत को, आस-पास के लोगों को
और अपने हालात को,
जिनके पास हैं आलीशान मकान, करोड़ो के खाते,
हर तरह के पकवान, हर काम के लिए नौकर,
आधुनिक सुविधाएं, उच्च शिक्षा की डिग्रियां,
विदेशों में भ्रमण करने का पासपोर्ट,
तो इस दुनिया में बेहद विरोधाभास है,
यह अपनी समझ-समझ की बात है,
दरिद्रता बाहरी हो तो कोई चिंता की बात नहीं
इसमें तो फिर भी जिंदगी मुस्करा के काट ली जाती है,

पर अगर दरिद्रता हो आत्मा की, विचारों की,
मन की, तो सब कुछ होते हुए भी
जिंदगी सिर्फ तड़पाती है और दूसरों के काम आने वाली
और अपने बलबूते पे जी जाने वाली ही जिंदगी
दोस्तों सही मायनों में खूबसूरत जिंदगी कहलाती है।

जीवन है बिलकुल बदलते मौसम जैसा

अभी न कुछ दिन पहले पड़ रही थी ठंड,
इतनी ज्यादा कि काँप रहे थे सब,
कुछ नहीं फायदा हुआ, शिकायत करने का,
बस पहन लिए बहुत सारे गर्म कपड़े,
ओढ़ ली मैंने शॉल और पीते रहे चाय बार-बार लगातार,
फिर दो दिन पहले ही अचानक लगने लगी गर्मी,
घूम रही थी तब मैं बाज़ार में, हाय गर्मी ! हाय गर्मी !
आ गई इतनी जल्दी कहते रहे,
इतनी तेज़ धूप कि लगा जून का महीना आ गया,
पर तब भी कुछ नहीं बदल पाए,
बस पी लिया ठंडा गन्ने का जूस, उतार दिया स्वेटर,
और अब अचानक सहसा कल से हो रही है मूसलाधार बारिश,
इतनी तेज़, इतनी तेज कि मेरे बाहर बालकॉनी में टंगे सूखे कपड़े
सारे के सारे दुबारा भीग गए,
छाता भी बेअसर निकला मुझे भीगने से बचाने के लिए,
और ऑफिस तक पहुँचना भी असाध्य सा हो गया,
पर बारिश को लाख कोसने पर भी वो रुकी नहीं, थमी नहीं,,
बस होती रही बहुत तेज, फिर मैंने मुस्कराते हुए कर लिया इसे
स्वीकार और करने लगी वो काम जो मैं कर सकती थी,

जो मेरे बस में था,
मैं सोच रही थी हमारे जीवन में आने वाली परिस्थितियां भी
कुछ मौसम की फितरत लिए ही तो होती हैं,
लाख अनुमान लगा लें पर कभी समय से पहले ही बरस जाते
है हम पर सफलताओं के मेघ,
और कभी झेलनी पड़ती है मुसीबतों की चिलचिलाती धूप,
और फिर अचानक कुछ ऐसे आता है कि ठंडे पड़ जाते हैं,
हम यह सोचकर कि आखिर हो क्या रहा है यह सब,

कभी समय गुज़र जाने के पश्चात भी नहीं मिल पाता,
और कुछ अचानक बिना किसी
आहट के ही टपक पड़ता हैं हमारी जिंदगी को सुलझाने या उलझाने,
और क्या? क्यों? कब? इन प्रश्नों में
उलझने से कभी कोई फायदा होता नहीं है,
बस छोटे-छोटे प्रयास करते हुए हमें स्वीकार ही करना पड़ता है
इन सभी परिस्थितियों को,
हमारे रोने, शिकायत करने से इन पर नहीं होता कोई असर,
बस हमें चुपचाप इन्हें करना पड़ता है स्वीकार,
और इनके जाने या आने का करना होता है इंतजार......

आँखें बहुत कुछ बोलती हैं

आँखें बहुत कुछ बोलती हैं,
चल रहा है क्या दिल में हमारे,
ये आँखें सभी राज़ खोलती हैं,

बेवकूफ नहीं बना सकते किसी को,
तुम अपनी मीठी-मीठी बातों से,
अंदरुनी छिपी कड़वाहट के ये
सारे किवाड़ खोलती हैं,

बस आँखों में झाँकने का हुनर,
धीरे-धीरे ही आ पाता है,
अनुभव की सीढ़यों पर चढ़ कर ही,
कोई अपने भीतर झाँक पाता है,
पर आँखें ही थोड़ी-थोड़ी परत दर परत तो खोलती हैं,

चाहे वासना हो मन की,
चाहे वात्सल्य का समुद्र,
या हो प्रेम की मधुशाला या फिर कोई
स्वार्थ का हो लशकर,

ये आँखें मन के भावों के प्रतिबिंब को हू-ब-हू
शीशे पे उकेरती हैं,
ये आँखें सच में बहुत कुछ बोलती हैं,
चाहे मौन रहो, चाहे बात करो
ये असलियत क्या हैं वो बोलती हैं.....

दोस्त

दोस्त मिलते तो हैं अचानक
पर दोस्ती करनी पड़ती है अर्जित,
चूँकि वक्त के थपेड़ों में हो जाते हैं रिश्तें खंडित,
दोस्ती के बीज तो मिल ही जाते हैं कई बार
इधर-उधर कहीं भी पास या कहीं दूरस्थ,
अचानक ही या शिद्दत से पर खिल पाएंगे दोस्ती के फूल
करने पड़ेंगे अथक प्रयास,
इसे न समझना तुम आसान
इन बीजों को देनी पड़ती हैं बौछारें
शीतल एहसासों की,
लानी पड़ेगी धूप, अंधेरे को भगाने की,
डालने पड़ेगी खाद समय-समय पर,
विश्वास, बातों, परवाह, मदद एवं तवज्जो देने की
बचाना पड़ेगा इसको नकारात्मकता के कीटों से,
काटनी पड़ेगी खरपतवार समय-समय पर व्यर्थ बातों की
मारने पड़ेगी छींटे प्यारी सच्ची बातों की,
तभी तो पनपेगा दोस्ती का सुंदर सा पौधा........

इक दूजे से हमारी अपेक्षाएं

ये जो नज़र नहीं आती, दिखाई नहीं देती
कमबख्त सारा दिन मन के भीतर रहती,
छिपी हुई सी विषाक्त करती रहती हमारे
खूबसूरत रिश्तों को,
प्यारे एहसासों को,
वो जो हर क्षण बस उकसाने का काम करती निरंतर हमें,
खाली नहीं रहने देती हमारे दिमाग को किसी घड़ी भी,
कोई भी नहीं बच पाता जिनकी निगाह से,
जिससे प्रभावित हो जाती हमारे कार्य शक्ति,
कलुषित कर देती हमारी भावनाओं को,
आओ आज मिलकर इन भगाएं,
ये सिर चढ़ी, पागल सी अपेक्षाएं.....

वो स्थायी रोशनी

मैं न हर रोज़, हर क्षण रहती हूँ प्रतीक्षारत
कि तुम आओगे, तुम आओगे तो शायद मेरी रुह में जो
ये कुछ अजीब सी दबी-दबी सी अनसुलझी, अनकही सी
पिपासाएं हैं वो शीतल हो जाएं,
मैं ही नहीं, हम सभी, कहीं न कहीं सब प्राप्तियों के बाद भी
न जाने किस उस शय की प्रतिक्षा में लीन रहते हैं,
जिसका आना अज्ञात है,
वो जो दूरस्थ है,
वो जिसके बारे में हमें यह भी नहीं पता
कि वो है क्या?
वो जो आँखों से ओझल है,
या सामने है तो हमें महसूस नहीं हो पा रहा,
मैं हर रोज़ की तरह आज भी चाय का प्याला थामे
बड़ी उम्मीदों के साथ टकटकी लगाए,
उस असीमित क्षितिज को अपने व्याकुल नैना से
निहार रही हूँ और शायद कुछ नमी सी भी
आ गई है, इस न खत्म होने वाली प्रतीक्षा में रह-रहकर,
और बड़ी शिद्दत से मैं तुम्हें पुकार रही हूँ,
कि शायद मेरे दिल की इस गहरी आवाज को तुम सुन लो,

या किसी तरह तुम तक पहुँच जाए,
मेरे दिल की धड़कनों की खनखनाहट,
वहाँ जहाँ भी तुम हो, कहीं भी तुम हो,
और कितना ही अच्छा हो कि तुम भी मेरे पास आने के
लिए उतने ही आतुर हो,
हम अपनी बाहरी, लौकिक, सभी क्षुधाओं को कर सकते हैं शांत,
पर जो सूक्ष्म सी, न दिखाई देने वाली, छिपी-छिपी सी,
जैसे किसी दूसरे लोक की हों,
इच्छाएं हैं जो कर देती हैं पूर्ण आत्मा को,
ऐसे एहसासों, ऐसे जज़्बातों का मिलना
इस लौकिक दुनिया में सच में बहुत मुश्किल है,
पर नामुमकिन नहीं
सच है क्षणिक खुशियां तो अणगणित दी हैं उसने हमारी झोली में,
पर वाकई उस स्थायी रोशनी से रुबरु होना अभी बाकी है,
जिसके आने से कोई और ख्वाईशात ही बाकी न रहे
वो रोशनी आत्मा की,
उसी प्रकाश का इंतजार है रोज कि समा जाए मेरे अंतरमन में अब...

भूख

भूख लगती है हम सभी को और लगती है तो
हमसे ज़रा भी नहीं होती बर्दाश्त,
बस जल्द से जल्द हम खाने लगते हैं
जो भी मिले घर में, या फिर पैसे देकर,
और किसी होटल में या फिर घर में अगर हो
जाए कुछ मिनट भी देर खाना मिलने में
तो क्रोध हमारे सिर पर चढ़ने लगता है,
और बस हम चिल्लाने लगते हैं
सच कहूँ मुझे न ज्यादा एहसास हुआ नहीं भूख का
चूँकि मैं उन खुशनसीब लोगों में से हूँ जिसका
जन्म बरकत वाले परिवार में हुआ
तो भूख लगने से पहले ही
माँ हज़ारों चीज़ें मेज़ पर सजा कर रख देती थी,
और आवाज़ें लगाती रहती थी सारा दिन
ये खालो, वो खालो, इतना कुछ होता था तब
और अभी भी कि आधा जी तो देखकर ही भर जाता है,
पर भूख मैं महसूस करती हूँ रोज़ जब सड़क पर आते-जाते
नन्हें मुन्हें बच्चों को कूड़े से झूठन को,
बीनते हुए देखती हूँ और फिर उनके चेहरे की हँसी, जब उन्हें

कुछ ज्यादा फेंका हुआ खाना मिल जाता है
सच कहूँ मुझे तो बिलकुल भी खुशी नहीं होती है
और शर्म आती है उन सभी शिक्षित और तथाकथित अमीर लोगों पर
जो ज़रा सी भूख लगने पर इतना कुछ मंगवा लेते हैं और
फिर बड़ी शान से, रेस्तरां की मेज़ पर
आधे से ज्यादा खाना छोड़ कर चले जाते हैं,
जिसे देखकर बेचारे सर्विस बॉय की बेबसी रोती है,
काश ! हमें मिल जाता, कोई हमें दे जाता इसी कशमकश में
उन्हें वो सारा खाना न चाहते हुए भी कूड़ेदान में फेंकना पड़ जाता है,
यह कैसा अन्याय है जहाँ पैसा तो अपने अस्तित्व पे इतराता है,
और गरीब बस अमीरों की खुदगरजी देखकर आँखों में नमी लिए
कूड़ेदान में से भूख मिटाने को विवश हो जाता है....

'मैं' तो 'मैं' हूँ

'मैं' तो 'मैं' हूँ 'मैं' कभी 'तुम' हो नहीं सकती,
गुलाब तो गुलाब है न, लाख काँटें सही
मेरी खुशबू कभी छिप नहीं सकती।

मैं सोच रही थी कि
मैं क्यों इतनी जल्दी कर लेती हूँ विश्वास
किसी के भी शब्दों का,
आखिर इतना शीघ्र भावुक होने की भी क्या जरुरत है,
मैं क्यों नहीं खोज पाती
बनावट जो छिपी होती है मुस्कराहटों के पीछे,
लाख कोशिश की,
मैंने हर क्षण जब पहली बार विश्वास टूटा था,
कि अगली बार से ध्यान रखुंगी मैं इस बात का,
कि हर किसी को पहले परखुंगी और तभी पुष्टि करुँगी,
पर हर बार मेरी नीयत बदल जाती है
स्वत: और बस, जो भी मिलता है,
जो भी बात करता है मेरी शख्सियत झुक ही जाती है,
मुझे याद है माँ अक्सर कहती थी मुझसे कि
तुम इतनी सीधी मत रहो,

कुछ तो सीखो, थोड़ी सी टैक्टफुल बनो,
फिर न कहना कि पहले किसी ने चेताया न था,
दुनिया की चतुराई के बारे में कभी बताया न था,
पर वो क्या है न, लोगों की उम्र के साथ तजुर्बा बढ़ता जाता है,
मेरी उम्र के साथ मेरी सीरत और अधिक और अधिक निखर रही है,
दिखने वाले हरेक फरेब, झूठ, प्रपंच की कहानी तो
मुझे भीतर से मजबूत कर रही है,
चूँकि 'मैं' तो 'मैं' हूँ न मुस्कराहट मेरी कम हो ही नहीं पाती,
लाख जतन कर लूँ पर मुझमें बनावट आ ही नहीं पाती,
फिर मैंने कुछ इस तरह याद दिलाया स्वयं को
फूल तो फूल है न, लाख कांटे ही सही
खुशबू फूल की दब ही नहीं सकती,
तो अपने व्यक्तित्व को फूल सा बनाना जरुरी है,
खुदा की दुनिया को विचारों की खुशबू से महकाना जरुरी है।

स्त्रियों को आज भी

उसे पाने के लिए
'जिसे' चाहती हूँ मैं
शिद्दत से पाना
कभी-कभी पड़ता है
'उसे' छोड़ना
जो रहते हैं दिल में
'जिसे' और 'उसे' की कशमकश से,
गुज़रना पड़ता है स्त्रियों को आज भी

नहीं चाहती हूँ छोड़ना
जो हैं अपने
जिनकी पालना
का दायित्व है मेरी धड़कनों पर
पर धड़कनें भी चाहती हैं
कई बार गुनगुनाना
अपने मनपसंद गीत
जिम्मेदारियों और किलकारियों
को क्षण भर भी छोड़ने पर समझती हैं,
स्वयं को गुनहगार
स्त्रियाँ आज भी

दिल के भीतर ही भीतर
दबी-दबी से होती रहती हैं
ख्वाबों की दस्तकें,
दिमाग में रहती हैं
एकदम घर-परिवार की उलझनें
एक अवचेतन और चेतन से जुड़ा है
तो अवचेतन पर
ख्वाबों का सिलसिला है
बस 'चयन' ही तो विडंबना है
स्त्रियों के लिए आज भी

बेशक जिम्मेदारियाँ अज़ीज हैं
पर अस्तित्व भी तो कोई चीज है
नित शीतयुद्ध सा
भावनाओं, विचारों
एहसासों के दरमियान चलता रहे
कर्तव्यों और अधिकारों के मध्य
गर्म ठंडा दरिया सा भी
बहता रहे, जज़्बातों के तूफानों में
थोड़ा ठहराव भी जरुरी है
स्त्रियों के लिए आज भी.....

जीवन की परीक्षाएं

जीवन की परीक्षाएं कभी खत्म नहीं होती
मुझे याद आते हैं वो
स्कूल और कॉलेज के जमाने में
सामने आने वाले प्रश्नपत्र,
जिनके आने का करती थी मैं बेसब्री से इंतजार
चूँकि मैंने की होती थी अणगणित उत्तरों की सीढ़ियां तैयार

जब करना होता था याद
कुछ पृष्ठों में सिमटा हुआ व्यापक स्लेबस,
परीक्षाओं की समय सारणी भी रख दी जाती थी
हमारे समक्ष स्कूल के खुलने के ही दिन,
क्या आना है, कब आना है
कैसे करना है सामना इन प्रश्नों का
का भी दिया जाता था कठोर प्रशिक्षण,
तब भी प्रश्नपत्रों को सुलझाने की रहती थी
दिलों दिमाग में छायी टेंशन, माथे पे शिकन,
मन ही मन यही चलती थी प्रार्थना हे ईश्वर,
बस मेरा याद किया हुआ ही आ जाए
काश! मेरा स्थान ही अव्वल आ जाए

बस इसी कशमकश में गुजर जाते हैं उम्र के वो बेहतरीन साल,
आज उसी दौर से गुजर रहे हैं मेरे नन्हें लाल
तब सोचती थी कि काश मैं नौकरी करती
तो रोज-रोज की परीक्षाएं दो न देनी पढ़ती,
बस जल्दी से बड़ी हो जाऊँ,
और पैसे कमाकर मस्त हो जाऊँ

पर अब तो लगते हैं बचपन के ही दिन होते हैं
उम्र के सबसे गोल्डन दिन,
तब तो सिर्फ लिखित परीक्षाएं ही होती थी,
किताबों को संभालने की ही जिम्मेदारी होती थी
सहसा मेरे दिमाग में आँधी की तरह यह ख्याल पनपा
जीवन तो हर पल, हर क्षण देता है प्रश्नपत्रों का झटका
इन प्रश्नों से निपटने की तैयारी करना तो दूर की बात है
किसी समय हाथ में थमा दिए जाएंगे,
इनके आने का समय, दिन, महीना और वर्ष भी अज्ञात है
इन प्रश्नों के उत्तरों में कोई एकरूपता भी नजर नहीं आती है,
हर शख्स के अपने तर्जुबों की चाबी ही इन पहलियों को खोल पाती है

जीवन की परीक्षाओं के परिणामों का कुछ अंश ही अपने हाथ है,
यहाँ कठोर परिश्रम, तपस्या, लग्न के साथ ही पूर्व जन्मों के

कर्मों का भी हिसाब-किताब है,
हम बेकार में ही एक-दूजे से प्रतिस्पर्धा करते हैं
एक दूसरे को पीछे धकेलने के हमारा प्रयासों पर परमेश्वरहँसते हैं
तो छोटी-मोटी परीक्षाओं से घबराने की जरुरत नहीं
रुकावटें तो आएँगी, कहीं पे रुक जाने की तुमको जरुरत नहीं
आने वाली हर परीक्षा से बस तुम अनुभव बटोर लो
कर सकते हो जितने प्रयास तुम करो, तत्पश्चात् तुम सुख की नींद सो...

सच मैं बहुत ही विशेष हूँ

मैं आज सोच रही थी कि दिखने में हूँ चाहे साधारण
पर है मुझमें कुछ विशेष ही शायद,
तभी तो मुझे, तुम्हें, तुम सबको अपने हाथ से खिलाने में,
इतनी मीठी सी अनुभूति होती है,
मैं हर रोज चुनती हूँ सबसे पहले वही
जो तुम्हें पसंद है, बच्चों को पसंद है,
और जब तुम्हारी आँखों में चमक आ जाती है,
या झूम उठते हैं बच्चें उसे खाकर, तो उनकी तृप्ति
को देखकर तृप्त हो जाना भी
तो इस स्वार्थी दुनिया में कितना विशेष है न,
बताओ, सोचो कोई और हो सकता है खुश कभी इतना
दूसरों को खिलाते हुए,
तो सच में मैं बहुत विशेष हूँ न इस दुनिया में......

ये जो मुझे भीतर से सुख देता है न तुम्हारी बिखरी हुई
चीज़ों को समेटना, जिसे तुम कई बार नजरअंदाज कर देते हो,
वो कोई छिटपुट सा काम नहीं है वैसे,
उस समेटने में मैंने कई बार समाया है अपने मन
के भीतर ही चल रही कशमकश को, संजो के रखना चाहा

है उसे जिसकी चाह वास्तव में थी नहीं मुझको,
तो समेटने में, संभालने में, मैंने कई बार अनदेखा कर दिया
बहुत कुछ जिसे देखना वैसे भी जरुरी था नहीं,
तो बार-बार तुम्हारे लिए जानबूझकर स्वयं के मन में चल रही
हज़ारों उलझनों की उपेक्षा करना भी तो होता नहीं सहज न
तो सच में, मैं बहुत विशेष ही हूँ इस दुनिया में......

ये जो बच्चों के चेहरे पे मुझे देखते ही आ जाती है
मुस्कराहट, वो जो हर क्षण आतुर रहते हैं मुझसे
अपनी हर बात को शेयर करने के लिए,
और जिनकी परवाह ही शायद मेरे जीवन की
प्राथमिकता बन कर रह गई है आजकल
मेरे प्रत्येक निर्णय के पीछे,
वो जो निश्चित हो जाते हैं मेरे करीब आकर जैसे
मुझे ही बना डाला उन्होंनें स्वत: ही ट्रस्टी अपनी
जिंदगी का हमेशा के लिए,
वो हुआ नहीं सहसा उसके लिए दिए हैं मैंने अपने
जिंदगी के सारे पल, सारे दिन उनकी मुस्कराहटों को संजोने में,
और कई रातें कर दी हैं उनके नाम ताकि
वो ले सके मीठी नींद और मीठे ख्वाब,
तो आसान नहीं होता न इस दुनिया में बिना किसी स्वार्थ के
किसी के नाम अपने दिन अपनी रातें कर देना,

पर माँ को बनाया है न कुछ इस तरह,
तो सच में मैं बहुत ही विशेष हूँ इस दुनिया में...

कभी सोचना मात्र ईंटों और सीमेंट या फर्नीचर से तो
बस तैयार होता हैं मकान, किंतु इसे जो घर बना सकता है,
वो हूँ मैं, सिर्फ मैं, घर वो है जहाँ जाने को मन करे,
जहाँ प्रवेश करते ही, कह सकते हो तुम जिसे कि कुछ बना दो
यह संभाल लो, इसे देख लो, हो सकते हो तुम निश्चित
कई बार अपनी अनिश्चिताओं का भार मुझको सौंप कर,
पैसा ला सकता है, खरीद सकता है, मात्र वस्तुओं को, चीज़ों को,
किंतु जो इन चीज़ों को बना देती है सुखकर, सुखदायी,
अनुभूति योग्य, वो मैं ही तो हूँ,
तो सच में इस बैरंगी दुनिया में जो रंग भर देती है न
अपने स्नेह से, अपनी परवाह से, वात्सल्य से, और
बना देती हूँ सामान्य को विशेष
वो मैं ही हूँ, वो मैं ही हूँ, वो मैं ही हूँ....

प्रकृति ही मेरी गुरु है

ऐसे ही टहलते हुए अपने पार्क में, जब वो झोंका सा आया
ठंडी, मीठी, पवन का, सहसा तो मन अति हर्षाया,
तभी ख्याल आया दिल में कि यह प्रकृति
कितनी अद्भुत है, इसके बिना तो हमारा गुज़ारा नहीं,
हमेशा ही हमें कुछ न कुछ देती रहती है,
पर फिर कुछ कशमकश सी चली मेरे मन में,
कि हम कितने निम्नतर हैं इसके आगे,
हवा, नदी का पानी कहीं भी चले जाते हैं,
किधर भी, कोई मर्यादा नहीं इनकी , कोई सीमा नहीं,
पर फिर भी इनके चरित्र पर कोई अंगुली नहीं उठा पाता,
यह उन्मुक्त निश्चल बहते रहते, प्रवाहित होते रहते,
जहाँ इनका मन चाहे, जहाँ ये जाना चाहे, पर फिर भी ये
निश्चल ही रहते, चूँकि सुख देते हमेशा,
अजीब सा सुकून मिलता इनके पास रहकर,
पर हम मानव स्वयं को बाहरी, ऊपरी, दिखावटी
कितनी ही परंपराओं, रीति-रिवाज़ों और न जाने कितनी ही
सीमाओं में बंध कर रखने के पश्चात भी,
कभी निश्चल नहीं हो पाते, कोशिश करते रहते निरंतर
स्वयं को बांधे रखने की,
पर फिर भी अपने चरित्र को नहीं बचा पाते, बाहर से बनते हैं चरित्रवान,
और भीतर ही भीतर कितने संकल्पों को सहज कर रखते,
तभी तो थके-थके रहते भीतर से,

और बस तभी तो कुछ दिन बीतते नहीं
हम जाना चाहते हैं प्रकृति की गोद में,
विचारों को समेटने, मन को बांधने से, जकड़ कर रखने से
कोई वास्ता है नहीं चरित्र का,
चरित्र का सीधा सा संबंध है चित्त की खुशी से, और
स्वतंत्र होकर भी दूसरों को खुशी और सुख देने से,
असलियत तो हमारे हर संकल्प के लक्ष्य पर ही टिकी हुई है
हमारी नियति, हमारी मुस्कराहट, संकल्प भी तो भीतर ही हैं न,
जैसे उस हवा को देखा नहीं हमने,
उस पानी को पकड़ पाए नहीं हम, तो बस महसूस ही तो कर रहे हैं न तो
महसूस करो अपने दिल में कि क्या चल रहा है,
भीतर क्या हो रहा है प्रवाहित, निरंतर और जो चल रहा है,
वो है हितकारी मेरे लिए और सबके लिए और जब है,
तो बाहरी मुखौटों की कोई दरकार नहीं,
खुश रहना है, निश्चल बनना है तो
बिना हिचकिचाहट उन्मुक्त बन प्रकृति को साथ ले
बहते रहो, बस बहते रहो, स्वयं को और दूसरों को
हर क्षण छलते रहने से कहीं अच्छा है,
सच्चे रहना, हमेशा सच्चे रहना फिर कोई और साथ दे या
न दे ईश्वर और प्रकृति तो
साथ देगी ही, यह उपहार भी तो अच्छा ही है....

राजनीति

मैं तो रहती हूँ भयभीत मेरे लिए इक डर है राजनीति
सत्ता पर किसी तरह बने रहने का इक नशा है राजनीति,
वादों पे वादें, पर हो न नेक इरादें, आम आदमी को
इस कदर नचाते रहने का इक मज़ा है राजनीति।

बुनियादी ज़रुरतें भी जहाँ पूरी न हो पा रही हो मासूम जनता की,
व्यर्थ के मसलों पर उलझाए रखने का
वो ऐसा इक हथकंडा है राजनीति।

न कोई सिद्धांत है, न कोई ही भावना,
बस अपने स्वार्थों की सदैव रहे पालना,
छिन जाए बस न कुर्सी प्यारी सी,
हवाई घोषणाओं का घोषणा पत्र है राजनीति।

लड़ा-भिड़ा दो बस सबको आपस में कुछ इस तरह,
भला मेरा क्या जाता है,
वो जो मर रहा वहाँ पर उस सड़क पर, उस गली में,
उससे मेरा क्या कोई वास्ता है,
बस, बस साजिशों, षडयंत्रों के दम पर

अपने नंबर बना जाने का सबब है राजनीति।

जनता का जनता द्वारा जनता के लिए शासन ही है लोकतंत्र,

विवेक बुद्धि और जागरुकता से काम लें, न बना दें इसे भेड़तंत्र,

हमें अपनी स्वयं की शक्ति को है पहचानना, हमसे ही है यह सत्ता

ये सत्य कभी न भूल जाना,

सच तो यह है कि जनता का, जनता के लिए,

जनता द्वारा इक सफर है राजनीति।

माँ की चिड़िया

बहुत सी चिड़ियाँ आती थी, हमारे घर के आँगन में,
जब "माँ" होती थी घर के भीतर,
चीं-चीं-चीं-चीं करके शोर मचाती,
हक से वो खाती रोटी के टुकड़े, बिन पूछे पानी पी जाती,
इधर भागती, उधर भागती, बाजरा रोटी न मिले तो
खुली खिड़कियों, खुले दरवाज़ों से हमारे घर में
सेंध लगाती, खूब हल्ला कर शोर मचाती,
छोटी, छोटी शरारतों से घर के सन्नाटे को दूर भगाती,
उड़ती, फुदकती, हर कमरे में, हुड़दंग मचाती,
मेरी "माँ" उन्हें मुस्काते हुए बड़े प्यार से भगाती,
हट जा, बाहर निकल कह कर दिखावटी सी डांट लगाती,
कई बार हुआ जब पापा कभी हमसें गुस्सा हो जाते थे,
तो "माँ" अक्सर उन्हें यह कहकर समझाती,
बेटियाँ भी तो चिड़ियों जैसी,
उड़ जाएगी इक दिन घर से,
हो जाएगा सूना आँगन, फिर कैसे बीतेगा जीवन,
आज मेरे घर के आँगन में कोई चिड़िया नहीं आती है,
जान गई है वो भी शायद 'माँ" नहीं है अब घर के भीतर,
उनको भी शायद मेरी तरह ही 'माँ" की याद सताती है,

'माँ' थी तो हम चिड़ियों जैसे बेधड़क घर में घुस जाते थे,
'माँ'... 'माँ' कहकर 'माँ' के पीछे-पीछे हर कमरे में घुस जाते थे,
सच है 'माँ' की पुचकारों से, 'माँ' की डांटों से ही
घर की रौनक होती है,
'माँ' बिना क्या है मायका, बस यादें नमीं बन
पलकें भिगोती हैं,
जैसे आजकल चिड़ियों ने अब आना जाना छोड़ दिया,
'माँ' तेरी बच्चियों ने अब वैसा चहचहाना छोड़ दिया,
तू ही तो थी जिसपे हक समझकर बेफिक्री से हम सब कुछ कह देते थे,
सर्दी में थी धूप हमारी, गर्मी में बारिश की ठंडक,
बसंत में थी फूलों की खुशबू, हर मौसम में तेरी पनाह हम लेते थे,
जैसे पर्यावरण की ओर उदासीनता ने चिड़ियों का आना बंद किया
वैसे तेरे न होने ने हमारा नुकसान बहुत किया....

मैंने देखा है

मैंने बहुत से अमीरों को पैसे पे अकड़ते देखा है,
धीरे-धीरे उनके मन को रोगों से जकड़ते देखा है ...

'बानो' है जो वो मेरे घर पर, काम करने को आती है
कम पैसे में भी हँसी उसकी, चेहरे पे हर पल जगमगाती है
खातों में पड़े हैं जिनके लाखों परेशान से नज़र आते हैं,
कम तो नहीं हो गए पैसे बैंकों में गिनने जाते हैं,
फिर दो-दो रुपये के पीछे रिक्शेवाले से झगड़ते देखा है...

ऑफिस से बाहर हर रोज, जो रिक्शेवाला दिखता है,
हो कड़ी दोपहरी या फिर बारिश, उसका रिक्शा न थमता है,
खुले न हो गर पैसे अगले दिन देने की गुज़ारिश करता है
खुश होकर तसल्ली से वो कर्मक्षेत्र से हर रोज गुजरता है,
वहीं महलों में सोने वालों को बिन काम के सुबकते देखा है...

सड़क के किनारे गुब्बारा पकड़, कितने मासूम बच्चे दिखते हैं
फटेहाल कपड़ों में जाने कैसे वो, खुशियों के सपने बुनते हैं
चंद रुपये उनके हाथों में थमा मैं कितनी बार इतराती हूँ
देंगे दुआ तो मिलेगी बरकत, यहाँ भी लेकर दानी कहलाती हूँ
कितने ही दौलतमंदों के विचारों की दरिद्रता को देखा है...

जीवन में भूल जाना

जीवन में भूल जाना ज्यादा बेहतर है, पर कैसे
बेटा कह रहा था,
माँ.....याद करना बहुत कठिन है
तो क्या करूँ? नहीं हो पाता पाठ याद मुझे, पूरा का पूरा,
भूल जाता हूँ बहुत कुछ मैं स्वत: ही,
मेरा तो माथा ठनका,
उस क्षण मेरे दिल में एक प्रश्न कौंधा,
स्कूल, कॉलेज की परीक्षाओं में कितनी जल्दी भूल जाता है,
हमें अपना याद किया हुआ, वो सब भी जो हम सारा वर्ष पढ़ते हैं,
नियमित, लगातार पढ़ते हुए भी, अक्सर बहुत कम समय में ही
बहुत कुछ भूल जाते हैं,
पर जीवन की वास्तविक परीक्षाओं में तो हम भूल ही नहीं पाते
किसी की कड़वी बातें, किसी का आघात,
किसी का झूठ, किसी का फरेब, किसी का छल
वो मीठी बातों की दलदल से हम निकल ही नहीं पाते
ऐसी व्यर्थ की यादों से, बल्कि हर क्षण हम याद करते रहते हैं,
ऐसे लोगों को जिन्होंने हमारा दिल दुखाया है,
सच जीवन में वो कुछ नहीं चलता जो हम नित पढ़ते हैं,
यहाँ तो जितना जल्दी भूल जाओ, उतना ही अच्छा है,
भूल कर आगे बढ़ जाना ही जीवन को जीने का मूल मंत्र है,
पर बहुत मुश्किल प्रश्न ही तो है ... जीवन की अनचाही, अनसुलझी,
अनियंत्रित बातों को भूल जाना.....

चिंता और चिता

मैं हर सुबह की तरह आज भी चिंता कर रही थी, जल्दी उठने की
आज भी समय से पहले मेरी नींद खुल गई,
कि कहीं बच्चों की स्कूल बस न छूट जाए,
पति देव की कैब न भाग जाए,
उफ़.... हर रोज खाने का मेन्यु तैयार करने की टेंशन,
अभी तो मैंने ऑफिस जाना है,
दोपहर के लिए भी कुछ अच्छा बनाना है,
आज भी रोज़ की तरह मैंने सोचा अनेकों बार
कि इतने वर्षों के बाद भी नहीं मिली प्रमोशन,
आज भी मेरे मन ने उन सभी चीज़ों के बारे में
सोचा जो मेरे नियंत्रण में नहीं है,
पर जो इतना प्यारा मुझे दिया है जिंदगी ने
वो नहीं ला पाया मुस्कराहट आज भी मेरे चेहरे पे,
फिर आज भी मैंने उन लोगों को मन ही मन कोसा
जो मेरा दिल दुखाते हैं, जिन्होंने छला मुझे,
आज भी दिन में कई बार मैंने डांटा बच्चों को
या उनको जिन्होंने वो नहीं किया जो मैं चाहती थी,
और फिर अचानक मेरी चौखट पर वो आ गई जिसके बारे में
मैंने सोचा ही नहीं था, वो जो जब आती है तो टाईम भी नहीं देती
हमें अपना बिखरा हुआ समेटने का,
वो जिसको मंजूर करना ही पड़ता है,
हर हालत में,

अरे नहीं, नहीं, मत लेकर जाओ मुझे
अभी तो मेरे बच्चे छोटे हैं,
पर मेरी सारी दौलत, मेरी कोई भी प्रमोशन
मेरा ज़ोर से चिल्लाना, मेरा डांटना, मेरा घर
मेरे अपने, मुझे रोक ही नहीं पा रहे हैं,
मैं जा रही हूँ, पता नहीं कहाँ, पता नहीं कैसे
पता नहीं किधर,
अरे..मेरा जिस्म यह तो भस्म हो गया अग्नि में,
जैसे कागज के टुकड़े,
और देखते ही देखते मैं मिट्टी में विलीन हो गई,
मैं तो स्वयं को ही नहीं ढूँढ पा रही हूँ
कुछ भी तो नहीं ले जा सकी मैं अपने साथ, कुछ भी नहीं
हाँ पीछे छोड़ दी हैं मैंने अपनी यादें, पर क्या मुझे सच में
सभी खुशी से याद कर रहे हैं, मैंने भी तो बहुतों का दिल दुखाया है

नहीं... नहीं...नहीं....
जब मुझे चिता ही बनना है तो चिंता में क्यों रहूँ मैं
मैं आज अभी उन सभी को माफ करती हूँ,
जिन्होंने मेरा दुखाया दिल और
अब मैं, अब से मैं
बस एक ही काम कर सकती हूँ,
अपने जीवन में शुभ कर्म कर बस एक मीठी याद बन सकती हूँ...

परीक्षा

परीक्षा चाहे नर्सरी की हो या दसवीं, बारहवीं की,
हम इतना हौवा और खौफनाक क्यों बना देते हैं इसे,
मैंने तो उच्च शिक्षा प्राप्त भी कर ली,
मेरी सरकारी नौकरी भी लग गई,
सैट हूँ मैं वैसे पर मुझे तो हर क्षण, हर पल
देनी पड़ती हैं वो परीक्षाएं अपने दैनंदिन जीवन में,
जिनका सामना करने के लिए मुझे
बचपन में कभी नहीं दी गई शिक्षा,
न मेरी पुस्तकों में भी आया जिक्र और
न ही किसी भी कक्षा में उन चीज़ों के लिए की गई ग्रेडिंग,
तो उन चीज़ों में, मैं अक्सर शून्य हो जाती हूँ आजकल,
जब मुझे देनी पड़ती है परीक्षा सहनशीलता की,
जैसे ही अनचाहे, अपशब्द मुझे सुनने पड़ते हैं,
या ऐसा कुछ हो जाता है जो मैं नहीं चाहती ,
तो मैं अक्सर फेल हो जाती हूँ अपने गुस्से को काबू करने में,
पूरी कोशिश रहती है मेरी कि जिसने मेरा दिल दुखाया,
उससे किसी तरह बदला ले लूँ और पड़ जाए मेरे दिल को ठंडक,
मैं फेल हो जाती हूँ अक्सर
दूसरों की सफलता पर खुश होने की मुहिम में,

मैं फेल हो जाती हूँ अक्सर
अपनी असफलताओं को भूल जाने में,
मैं कितनी भी कोशिश कर लूँ
नहीं ला पाती अच्छे अंक विनम्र बने रहने में,
जीत और हार को एक समान रुप से स्वीकार करने में,
पर सोचिए जीवन में सुख और आनंदित रहने के लिए
तो यही चाहिए था न
वो जो मैंने याद किया रात-दिन, उसके जिसके रट्टे मारे मैंने हर रोज,
उसके लिए जिसके लिए मैं सोई नहीं रात भर,
तनाव में रही, वो था तो जरुरी
नि:संदेह मुझे आत्मनिर्भर बनाने के लिए आर्थिक रुप से मात्र,
वो जो मुझे उस धन-दौलत और ऐशोआराम में
मेरी इंसानियत कायम रखता
उसकी शिक्षा क्यों नहीं दी गई मुझे,
और यही सिलसिला ज़ारी है लगातार हर बार
आस-पास देखिए और मैं भी आजकल
अपने बच्चों को रोज कुछ टेंशन करने के
लिए प्रेरित करती रहती हूँ, थोड़ा सीरियस रहने के लिए
एडवाईस देती हूँ,
मैं जानती हूँ कि यह सही नहीं है पर फिर भी
करती रहती हूँ हर रोज़, हर दिन हर क्षण
क्यों?

बात कड़वी है

बात कड़वी जरुर है पर सच है
'रेप' भी दो प्रकार का होता है.
'मौखिक और प्रायोगिक'
एक तो जिसका समाचार हर रोज
अखबार की हैडलाईन्स में होता है,
और दूसरा जो हर क्षण, हर रोज़
घर से निकलने वाली लड़कियों
और स्त्रियों के साथ होता है,
जब उन्हें बेहद बेशर्मी के साथ
घूरा जाता है,
और दोनों तरह के 'रेप' के लिए
जो शिकार ढूँढा जाता है,
उसके लिए आयु की कोई सीमा नहीं होती,
आप नवजात कन्या से लेकर बुजर्ग महिला
तक किसी के साथ भी बेख़ौफ़ होकर,
कभी भी, कुछ भी, कहीं भी, कर सकते हैं,
'प्रायोगिक रेप' के लिए आप शिकायत कर सकते हैं,
चाहे न्याय मिले या न मिले,
किंतु मौखिक रेप के लिए

आप शिकायत भी नहीं कर सकते,
चूँकि जो न्याय रौंदे हुए जिस्म को देखकर भी
न्याय देने में इतने वर्ष लगा देता है,
तो किसी के गंदे इशारे, या बेहुदा ढंग से घूरने का
क्या सबूत देगें आप,
और आपकी बदनामी होगी वो अलग,
और आजकल गलियों में खेलने वाली
प्यारी सी बेटियों की ज्यादा डिमांड है, प्रायोगिक रेप के लिए,
शिक्षा से वैसे ही वंचित रखा गया,
अब लड़कियों को खेलने भी क्यों दिया जाए,
चूँकि जंगल से तो जानवर विलुप्त ही हो रहे हैं,
और हम इंसानों की आबादी इतनी बढ़ गई है,
तो इन विवेकशील बुद्धिजीवी प्राणियों ने सोचा
कि क्यों न वैकल्पिक तौर पर
इंसान ही इस कमी को पूरी कर लें ताकि वहशत और भय बना रहे,
और आपको यह जानकर अति प्रसन्नता होगी कि
हम उन जंगली जानवरों से कहीं आगे निकल आए हैं,
वो जानवर तो शिकार करके छोड़ देते थे किंतु
ये जो इंसानी जानवर हैं न, वो शिकार कर लेने के बाद भी
शरीर को रौंदते रहते हैं, बार-बार लगातार, अंतिम साँस तक...

नाकामियों ने ही संवारा है मुझको

मुझे टूटने से नहीं, डर है लगता
टूट-टूट के तो तराशा है खुदी को,
तुम जमीं, आसमां किसी से भी पूछो
मेरी नाकामियों ने ही संवारा है मुझको...

भले कितनी ही कोशिश तुम करते जाओ
हरगिज़ न मुझको डगमगा पाओगे तुम,
अब थपकियों की मुझे भी, है ना कोई ख्वाहिश
थपेड़ों की तपिश ने ही तो उभारा है मुझको.......

आँसूओं से नहीं कोई परहेज़ मुझको,
यह आते ही कर देते हैं, आँखों को गहरा,
शब्दों की भी मेरे आगे कुछ चलती नहीं अब
कड़वाहट ने इनकी, इस कदर निखारा है मुझको.....

नसीबों लकीरी में जो मेरी लिखा है,
उसे कोई कैसे छीन सकता है मुझसे,
भले लाख कोशिशें, मैं करती रहूँ पर
जो है ही नहीं ,उसे भी कौन दे सकता है मुझको

मंजिलों से मैंने तो अब कर लिया किनारा,
मैं हर रोज़ इक अपनी नई राह चलती,
जीवन के अनुभव कुछ मीठे से, कुछ कड़वे
मेरे गुज़रे हुए कल से बेहतर बनाए जा रहे हैं मुझको...

चैटिंग का बुखार

सावधान सोच समझकर करें
आजकल एक नया फैशन छाया हुआ है,
मैसेंजर पर चैटिंग का बुखार आया हुआ है,
मुझे सच में नहीं था अनुमान
कि चैटिंग से भी बन सकते हैं अपने, वो जो हैं अनजान,
घंटों टंकित करते रहो अपने दिल की बातें,
बिना यह जाने कि अगला कर रहा है उसी समय में
कितने और लोगों से प्यार भरी मुलाकाते,
कितना शानदार उपकरण बनाया है मनुष्य ने
अपनी सुविधा के लिए, चुपचाप कभी भी, कहीं भी,
किसी से भी करने लग जाओ चैटिंग
कुछ भी टंकित कर दो, फिर उसे अपने स्वार्थानुसार
कहीं भी कॉपी-पैस्ट कर दो
या कर दो फारवर्ड,
ज़रा सोचिए आप जनाब
ईश्वर ने दी हमें इतनी सुंदर आवाज़
आवाज़ जो नहीं मात्र आवाज़ अपितु
यह है सशक्त माध्यम, जो नहीं छिपा पाती दिल में छिपे राज़,
आज हमें क्यों जरुरत पढ़ गई मूक रहकर रिश्ते चलाने की,

बिना बात करे, भावशून्य, ध्वनि शून्य
अपने दिल की बातें एक दूसरे तक टंकण करकेपहुँचाने की,
मुझे तो ऐसा लगता है कि जो शख्स आपसे केवल चैट कर रहा है,
वो अपनी वास्तविक शख्सियत को छिपाने का
भरसक प्रयत्न कर रहा है,
उसे डर है खुल कर सामने आने का,
अपने दोगले व्यक्तित्व को समेटकर ही
वह अभ्यस्त है वो अपनी दिनचर्या को चलाने का,
स्कूल के बच्चे, कॉलेज के छात्र आजकल
नहीं रुचि दिखाते बात करने में
बस लगे रहते हैं सिर झुकाकर,
अंगुलियों को नचाते हुए,
स्मार्ट फोन पर चैटिंग करते हुए,
हमारे रिश्ते बनाने का स्तर
दिन-प्रतिदिन कितना गिरता जा रहा है,
पहले मिलते थे इक दूजे से, गले लगते थे, घर जाते थे,
फिर आया फोन तो मिलने मिलाने का सिलसिला हुआ थोड़ा कम,
कर लो बात फोन पर, सुन लो आवाज़
तो छोटी-छोटी बातों पर घर जाने की परंपरा लगने लगी बकवास
और आज कल तो चल पड़ा है एकदम अद्भुत सा प्रचलन,
मुँह या आवाज का काम करने के लिए
हाथों की अंगुलियों का चल पड़ा है फैशन,

आने वाले समय में न जाने और क्या क्या होगा
मैं सोच रही हूँ, अंगुलियों से भी अगर मन बोझिल हो जाए
तो रिश्ते बनाने का अगला चरण फिर क्या होगा
देर नहीं हुई अभी भी ज़रा संभल जाईए
सच्चाई और गहराईयों की उम्मीद है अगर रिश्तों में
तो फिर से घर जाने और बातें करने का सिलसिला वापिस ले आईए....

अनुभव

अनुभव होता है घूमने से,
विभिन्न स्थानों, क्षेत्रों, शहरों,
गलियारों में जब हम जाते हैं तो
देखते हैं अलग-अलग दिखने वाले चेहरे
विभिन्न रंगों की पोशाकों में,
हर जगह अलग तरह का खाना,
अलग ताल का गाना-बजाना,
मकानों की बनावट अलग,
कहीं रेतीले मैदान,
कहीं पहाड़ों की कतार ही कतार,
कहीं असीमित हरियाली, कहीं की जमीं
बंजर पानी से एकदम खाली
कहीं चारों तरफ बहती हुई नदियाँ,
कहीं विशाल महासागर, कहीं सुहावना मौसम
ठंडी-ठंडी चली पुरवाईयां और कहीं कहीं
चिलचिलाती धूप की रुसवाईयां,
पर इन समस्त विविधताओं में होता है
आभास बुनियादी एहसासों में निहित एकता का,
सब स्थानों पे भूख रोटी से ही बुझती है,

और प्यास केवल पानी से ही शांत होती है,
कोई महंगी से मंहगी सॉफ्ट ड्रिंक नहीं बुझा पाएगी,
आपकी प्यास,
चाहे देख लो आज़मा के,
सर्वत्र माँ की ममता की ही सौगात होती है उत्कृष्ट,
प्रेम और विश्वास के आधार पर ही टिके होते हैं रिश्ते,
सुख, सुकून, स्वास्थ्य के बिना सब जगह बेकार है और
बेकार है धन-दौलत, शोहरत की चमक-दमक,
यही नहीं, सभी जगहों पर, सभी लोगों को, प्रत्येक क्षण
चाहत रहती है सुख एवं खुशी की,
तलाश जो खोजते हैं
हम दूसरों में, बाहर कहीं
पर हकीकत है वो समाहित है हमारे ही भीतर.....

मैं यह सोच रही थी

मैं यह सोच रही थी,
बहुत बेबाकी से कि मंत्री जी होते तो हैं जनता के सेवक,
किंतु जिस दिन उन्हें देना होता है दर्शन, किसी जगह,
अपने पवित्र-पावन चरणों से करना होता है,
कृतार्थ या अपने सुकर-कमलों से,
करना होता है उद्घाटन,
तो ऐसे लगता है कि स्वयं स्वर्ग से ईश्वर
पधार रहे हैं भूखी-नंगी बेचारी जनता का
उद्धार करने,
फिर अचानक रातोंरात
जाने कहाँ से सब लोगों में
इतना जोश आ जाता है,
कि जो काम महीनों से पड़ा होता है लंबित,
वो आधी रात के समय ही कुछ मिनटों में ही हो जाता है.....

फिर जनता के सेवक कहलाए जाने वाले मंत्रियों के
सुस्वागत के लिए हर बड़े पदाधिकारी से लेकर,
हर छोटे से छोटा आदमी भी जुट जाता है,
चारों तरफ स्वच्छता अभियान शुरु हो जाता है,

टूटी-फूटी सड़कों पर सदियों से बैचेन हो रहे
गड्ढों को अचानक ही तुरंत पत्थरों से
भर दिया जाता है,
मुरझाई सी कुम्लाही हुई फूलों की क्यारियों को
रंग-बिरंगे फूलों से रंग दिया जाता है,
सभी अनचाही चीज़ों को फटाफट अत्यंत फुर्ती से
न जाने कहाँ छिपा दिया जाता है....

सब कुछ एकदम चकाचक,
एक-एक शय बिलकुल बना दी जाती है खूबसूरत,
बिखरी हुई योजनाएं अचानक सिमटने लगती हैं,
बहुत सी असंभव सी प्रतीत होने वाली चीज़ें
अब संभव सी दिखने लगती हैं,
मंत्री जी कोई चमत्कारी बाबा से कम नहीं होते यारों,
जिनके आने की खबर से ही सदियों से सो रही नीतियाँ, योजनाएं
क्षण भर के लिए ही ऊर्जावान-सी प्रतीत हो जाती हैं,
मुर्दा पड़ी बेज़ान योजनाओं में भी यकायक
प्राण वायु का संचार शुरु हो जाता है,
तो यकीन मानिये,
यदि किसी जगह का करवाना हो स्वच्छता अभियान
या बेजान पड़ी योजनाओं में डालनी हो अगर जान,
तो मत हों परेशान,

थोड़ा श्रम और धन का बस करें नुकसान,
और जल्दी से बुला ले उस जिला, क्षेत्र, कस्बे या गाँव में
किसी मंत्री जी को दौरे के लिए,
तो कम से कम क्षणिक अवधि के लिए ही सही,
कुछ तो काम हो ही जाएगा,
भ्रष्टाचार दूर हो या नहीं कोई गम नहीं,
दीवारों पर व्हाइट वॉश, दरवाज़ों पर पेंट
और सड़कों को पत्थरों से तो भर ही दिया जाएगा....

हमारी प्यारी दीवाली

पुराने अजीज़ दिल के करीब
रिश्तेदारियों से गुफ्तगू
करने का सबब होती है दीवाली,
कई वर्षों से जो दिल में दबी-दबी सी
अनकही सी, छिपी हैं कड़वाहटें कुछ रिश्तों में,
उनमें मिठास का एहसास जगाती है दीवाली

ऊपर-ऊपर से तो रोज झाड़तें हैं घर के
दरवाजों को, झाड़ू से हटाते हैं धूल अपने
घर आँगन की,
पर यह जो दरों दीवारों के कोनों में धंसी
धूल भरा जाल बिछा मिलता है,
उसे हटाने का मौका बन जाती है दीवाली

जहाँ किसी कमरे में पंख चला रहने पर ही
डांट पड़ जाया करती है अरे, बिजली बचाओ
यह आवाज गूँजा करती है,
उसी घर के हरेक कमरे को बिजली की लड़ियों
से सजा लेने का हुनर है दीवाली

जिन्होंने दिल दुखाया था कभी हमारा
या हमने चोट पहुँचाई थी कभी जिनको

भूले बिसरे रिश्तों को गले लगाने का
सबब बनती है यह दीवाली

रोजमर्रा की जिंदगानी में जो नेमी सा
रुटीन यह बन जाता है,
जिंदगी का फलसफा तो कभी सुलझता नहीं
तो कभी समझ में ही नहीं आ पाता है,
ऐसी भागमदौड़, नीरस, बैरंगी सी जिंदगी में
उत्साह की धूम मचाती है दीवाली

तो यारों साफ कर दो अपने दिल की मैल,
जला के फोड़ डालों द्वेष जलन के पटाखें,
जो भीतर ही भीतर सुलगते रहते हैं इक दूजे के लिए
नए रंगों से पुतवा डालो अपने दिल की
धड़कनों को इस कदर,
प्रकाशित कर डालो अपने भीतर की दुनिया
सुनहरे ख्वाबों से,
चूँकि सही अर्थों में तो
यही सबक सिखलाती है यह दीवाली
जीने का सही पाठ सिखाती है हमें दीवाली
हमारी प्यारी दीवाली

अब कुछ कड़वा हो ही जाए

अनुभव न बहुत कुछ सिखा जाते हैं जिंदगी में
पहले मुझे कड़वा बोलने वाले सहन नहीं हो पाते थे,
मन दुखता था, ये सोच कर कि इन्होंने ऐसा मुझे कैसे बोल दिया,
जो मैंने किया ही नहीं, उसका सारा इल्ज़ाम मुझ पर कैसे डाल दिया,
आँखों में बहुत जल्दी ही बहने लग जाती थी अश्रुधारा,
दिल दुखी हो जाता था, कड़वे बोल याद आते रहते थे,
पर आजकल तो मैं ज्यादा मीठा यानी ज्यादा दोस्ती बरसाने
वाले लोगों से परेशान हूँ, जो देते रहते हैं आपको झूठे दिलासे
पता नहीं आपके शुभचिंतक बने रहने के हज़ारों झांसें,
कड़वा जब कोई बोलता है तो बस दर्द क्षणिक ही रहता है,
और हमें किसी से उम्मीद नहीं रहती तो हम काम करना शुरु कर
देते हैं स्वयं पर बड़ी शिद्दत से, चुनौती का करने लगते हैं सामना,
बस कभी-कभार ही याद आ जाती हैं
हम पर बरसाई गई कड़वाहटों की एसिड बरसातें,
पर ये जो आजकल भीतर कुछ, बाहर कुछ, का
अजीबोगरीब फैशन सा बन गया है,
इसने मन का सुकून, दिल का चैन, सब कुछ छीन लिया है,
जब ऐसे लोगों का प्रवेश हो जाता है आपके जीवन में,
तो "धोबी का कुत्ता; घर का, न घाट का" मुहावरा सच में

जीवित हो उठता है व्यवहारिकता में,
किसी के सपने तोड़ने से ज्यादा हानिकारक है
किसी को झूठी उम्मीदें देना,
चूँकि सपने टूट जाने पर इक आशा होती है,
नए सपनें देखने की, कुछ और कोशिश करने की,
पर आप जब किसी को झूठी उम्मीद देते रहते हैं,
छलते रहते हैं हर क्षण मात्र बातों से, खूबसूरत शब्दों से,
जबकि दिल में कहीं, कोई, सच्ची भावना नहीं है,
शायद आपका मकसद बस अपनी कुंठाओं को तुष्ट करना है,
तो ऐसे रिश्तों में उलझकर रहने से बस आपकी
उम्मीद बार-बार टूटती है,
बस भोर, सहर, रात कुछ अच्छे के इंतजार में कटती है,
और ख्वाब देखने की आपकी आदत भी क्षीण होने लगती है,
फिर आपके पास कुछ ठोस करने का समय ही नहीं बचता,
कभी आपका मन छलता, तो कभी वो शख्स आपको छलता,
तो कृपया झूठी उम्मीदें दिलाने वाले दोस्तों को
अपने जीवन से दूर भगाएं,
जीवन में कुछ करना है तो कड़वे शब्दों से
फिलहाल अपना काम चलाएं।

शब्द कर सकते हैं हमारी धड़कनों को नि:शब्द

'शब्द' किसी को कहे गए शब्द
सिर्फ शब्द नहीं होते,
ये मात्र वर्णों से बनी लकीरें
निष्प्राण नहीं होते,
किसी के लिए आपके शब्द
जिंदगी जीने का आधार बन जाते हैं,
किसी के लिए यही शब्द दुखती रगों
पर सपनों की बौछार बन जाते हैं,
किसी के लिए यही शब्द बेहतरीन दिनों का
इंतजार बन जाते हैं,
और इन्हीं शब्दों में बस जब कहने के लिए
डाल दी जाती है मीठी चाशनी,
भीतर ही भीतर दिख नहीं पाती
किसी को छलावा देने की,
अपने अहम् को जिंदा रखने की साजिश,
तो यही खूबसूरत से लगने वाले शब्द
आखिर में कोई घातक सा वार बन जाते हैं,
तो किसी को क्या कहना हैं इस पर ज़रा विचार करते हैं,
चूँकि ये शब्द तमाम उम्र हमारी रुह में आवाज़ करते हैं...

बोलो सांचे दरबार की जय

'सच्ची ज्योता वाली माँ की जय'
का जयकारा लगाते हुए लोग,
खड़े हुए लम्बी-लम्बी कतारों में,
बैचेनी से अपनी बारी की प्रतीक्षा करते हुए
बस एक बार माँ शेरो वाली के हो जाए दर्शन
और खिल जाए आँगन में पुत्र के फूल का उपवन,
मुँह में ज़ोरदार शब्दों में बोलो सांचे दरबार की जय
का उद्घोष करते हुए मन ही मन पुत्र की कामना संजोए हुए
और थोड़ी घबराहट कि 'हाय' फिर से गर्भ में अगर बेटी
का भ्रूण आ टपका,
तो हमारे वंश का चिराग उजड़ा'

जय माता दी, जय माता दी
सारे बोलो जय माता दी
हाथों में खूबसूरत सी सुसज्जित थाली
थामे हुए मन में आशाओं के साथ
अलग-अलग डिजाइन वाली लाल चुनरी
हाथ में पकड़े हुए भक्त जन
बस यही लालसा कि माता की मूर्ति पर चढ़ा दे

इस चुनरी को सजा दे गहनों से
तो हो जाएगी सारी मुरादें पूरी
कोई अभिलाषा नहीं रहेगी अधूरी,
पर रहता है यह तमाशा मंदिर की
सीमाओं तक ही सीमित,
निकलते ही बाहर जीवित माताओं को
प्राण से भरपूर लड़कियों को जो
भविष्य की सृष्टि को समेटे हुए
भीतर अपनी देह के,
जो आने वाले समय में माँ का बनेगी रुप
उनके शरीर से नोच डालो सब कपड़े,
अंगों को कर दो तहस नहस
और पूरा कर दो अपने नापाक इरादों को,
चुनरी चढ़ाने का रिवाज़ बस
मंदिरों की मूर्तियों तक ही ठीक लगता है,
बाहर चल रही, सो रही, काम पर जा रही
कॉलेज में पढ़ रही कन्याओं से इस
भक्ति का क्या वास्ता है,
उन्हें तो घूरो, छेड़ो, न कहें तो
उनके चेहरे पे एसिड उड़ेलो,
इतनी हिम्मत न आए तो
रेप तो कर ही सकते हैं इनका,

ये कैसे कर सकती है न करने की हिम्मत,
पहना दो इन्हें लुटे हुए सम्मान का तमगा

जय माता दी, जय माता दी, जय माता दी
माँ का जगराता रखा हुआ है मैंने
पिछले वर्ष हो गई थी मेरी कोई विशेष इच्छा पूरी,
तो खिला रही हूँ प्रसाद अपने प्रियजनों को
चढ़ा रही हूँ भेंटें ज़ोर-ज़ोर से माँ की महिमा की
पर उम्मीद तो मन में पाली हुई है,
मेरी बहु से मिल जाए छुटकारा मुझे
कुछ बढ़िया लाई ही नहीं
शादी कर के हो रहा है पछतावा मुझे,
न मिली कार, न किया हमारा बढ़िया सत्कार
है माँ! अब तू ही कर कुछ उपकार
कर दे मेरे बेटे का बेड़ा पार
तो अगले वर्ष इससे भी बढ़िया कराउंगी जागरण
गहनों से सजा दूगीं तेरा हर आवरण

जय माता दी, जय माता दी
उफ! अब इन नौ दिनों तक मीट नहीं खाना है
रुठी हुई जगदंबे माँ को व्रत करके मनाना है,
तभी तो मेरी नौकरी लगती नहीं है,

माँस खाकर करूँ पूजा यह बात जरा जचती नहीं है,
बस नौ दिनों की ही तो बात है,
तो कर ही सकते हैं न परहेज
इन दिनों नहीं डालना है घर में किसी बात का कलेश
सारे घर को अगरबत्ती की सुगंध से महकाओ
नौ दिन सात्विकता से भरपूर ही खाना खाओ
यह दिन देखते देखते ही गुज़र जाएंगे
दसवें दिन देखना चिकन बिरायनी घर पर ही मंगवाएंगे...

जरा ध्यान से माँ की मूर्ति को तो देखिए
उसके विशाल नयनों में बस दो पल झांकिए,
क्या वो हमारे ऐसे आचरण से खुश हो जाएगी?
अपने आस-पास अपनी माँ, बहनों, पत्नी, बेटी
और प्रत्येक स्त्री पर भी नज़र डालिए,
हुजूर दीजिए सम्मान, मात्र बातों से नहीं
मात्र शब्दों से नहीं बल्कि अपने कर्मों से
तभी और केवल तब उस जगदंबे माँ को ऊँचे
पहाड़ों में ढूँढने की जरुरत कहाँ रह जाएगी,
तब तो हर गली कूचे, आँगन गाँव शहर
वो माँ हर किसी की मुस्कराहट में ही नज़र आएगी.....

झूठ इतराता है

झूठ इतराता है स्वयं पर कई बार अक्सर
कि हो गई उसकी विजय
बना दिए उसने काम,
जो हो ही नहीं सकते थे
उसके बिना,
जीत रहा है वो सभी रिश्ते
वो एहसास जो उसकी पहुँच से
बाहर थे अभी तक,
पर इतराने में, फुसलाने में
लोगों को बेवकूफ बनाने में,
झूठ इतना मशगूल हो गया,
कि उसे मिलने वाली बेहिसाब बद्दुआओं
की दलदल में वो कब फँस गया,
उसे पता ही नहीं चला,
और उस दलदली कीचड़ को चीरते हुए
निकल ही गया सत्यता का कमल आखिर में
जीत ही गई सच की नाव,
चाह मंजिल तक पहुँचने में हिलती है, डुलती है
डगमगाती है, और भान होता है कि

मंजिल तक पहुँचने में
देर भी लगाती है,
पर यह बात सौ प्रतिशत प्रमाणित है दोस्तों
अपने लक्ष्य तक सच की कश्ती पहुँच ही जाती है,
पर झूठ की नाव चाहे चल रही हो तेज
बहुत रफ्तार हो इसकी आगे निकलने की,
पर अक्सर मंजिल तक पहुँचने से ठीक पहले
यह डूब जाती है और रह जाती है दलदल
सिर्फ दलदल, सिर्फ दलदल और सिर्फ दलदल....

गुमनाम होते हैं हम जब

गुमनाम होते है हम जब
मतलब बिना किसी नाम के नहीं
बिना शोहरत की छाँव के,
जब हमें देखकर लोग तालियां नहीं बजाते,
जब वो हमारे आने से सीट से नहीं उठ जाते,
जब हमारी पोस्ट पर वो अंगूठा नहीं दिखाते,
तब तक हमारी इच्छा
बस कुछ कर गुज़रने तक ही सीमित रहती है,
तब हमारी मेहनत की शक्ति अत्यधिक गर्म रहती है,
पर नर्म रहती है ज़ुबान
सिर होता है झुका हुआ,
हम अक्सर लोगों की किसी भी अच्छी बात पर
सहसा बिन माँगे ही तालियां बज़ा देते हैं,
अपनी होंठों को बेवज़ह मुस्कराहट से निखार देते हैं,
किसी की प्रशंसा करने में हम देर नहीं लगाते,
किसी बेबस को देख हम यूँही आँखें नहीं चुराते,
पर जब अचानक किस्मत थोड़ा रंग बदलने लगती है,
और हमारी मेहनत से
शख्सियत को थोड़ी पहचान मिलने लगती है,

तब कहने को तो मिल रहा होता है हमें बहुत कुछ,
पर दोस्तों अकारण ही खो भी रहा होता है बहुत कुछ,
वो स्वाभाविकता, वो सहजता
वो हर पल आँखों में छलकती चंचलता,
वो उत्साह सबसे मिलने का,
मिलकर नमस्ते कह, गले मिलने का,
तब हैलो, गले मिलना यहाँ तक की लाईक भी हम
चुन-चुन कर करते हैं,
जो नहीं हमारे किसी काम का या बढ़ रहा है
ज्यादा आगे उसे डिलीट कर देते हैं हम
अपनी दुआओं की लिस्ट से,
वो भी बिना कोई कारण बताओ नोटिस दिए,
और जिससे पड़ सकता है हमें कोई काम,
चाहे वो हो न काबिल, चाहे मन से न करें पसंद
पर भेजते रहते हैं हम जरुर
अपनी शुभकामनाओं के सलाम बिन माँगे,
बिन सोचे,
तब लगता है कि मैं ही क्यों कहूँ नमस्ते
वो जो नहीं पहुँचा यहाँ तक वो ही नमस्ते कहेगा,
मैं जहाँ जाऊँ, वहाँ ज़माना खड़ा मिलेगा,
तब लगता है किसी की तारीफ़ करना बहुत मुश्किल
किसी को दो शब्द प्रोत्साहन देने में भी हो जाते हैं हम संगदिल,

बस चारों तरफ ओढ़े रहते हैं असुरक्षा का आवरण हम हर क्षण,
अरे कोई और आगे निकल गया,
किसी और को मौका मिल गया,
नहीं, नहीं, नहीं, मेरे से बेहतर तो कुछ हो नहीं सकता,
मेरी जगह, मेरा पद, मेरा मुकाम, कोई छीन नहीं सकता,

पर यही यथार्थ है जीवन का
इसे गांठ बांधना बेहद जरुरी है,
जो आज मेरा है, कल किसी का था,
और आने वाले कल किसी और का हो ही जाएगा
इस परम सत्य को याद रखना बेहद जरुरी है.....

मार्डन संत

अरे ओ मार्डन संत महान!
तुम खुद तो फूलों के रथ पर आते हो
चेहरे पर फेशियल करवाकर, बालों पर डाई लगवाकर
हमें माया से दूर रहने का पाठ पढ़ाते हो....

क्या तुमनें लोगो के दुखी जीवन को स्वर्ग बनाने का बीड़ा उठाया है
किस्मत के मारे जनों की मेहनत का तुमने कितना हिस्सा खाया है
अपनी अंतरात्मा बेचकर हमारा तुम परमात्मा से मिलन करवाते हो...

आलीशान कारों में घूम-घूम तुम जीने की कला सिखाने आए हो,
होटल का खाना खाकर कीमती वस्त्रों से स्वयं को
सुसज्जित कर हम पर आशीर्वाद बरसाने आए हो,
घोटालों, रेप, स्कैंडल करके हमें नैतिकता की राह दिखाते हो

इनका दोष नहीं है,
मेरा तो आपसे है यह सवाल
क्यों अपनी मेहनत पर हमें नहीं भरोसा
मन पर बिछाया है इनका माया जाल
जो बोएँगे, वो काटेंगे हर कर्म का पाएंगे हम फल
क्यों न ध्यान करें अपने कर्मों पर, विश्वास करें अपनी मेहनत पर
तुम्हारी आत्मा ही है तुम्हारा ईश्वर
इस सच को तुम क्यों भूल जाते हो...

हे पौरुषत्व

हे पौरुषत्व तुम्हारी मुझे यूँ
सिर से पाँव तक चीरती हुई नजरें,
इस तीर कटारी को
भ्रष्ट राजनीति पर चलाओ,
हमारे देश में भ्रष्टाचार का जो
तेजी से फैल रहा है महाजाल
तुम इसे काट पाओ,
तो शायद तुम कुछ सार्थक कर पाओ

जिस बहादुरी और साहस से
तुम मुझे खुले बाजार में
छेड़ने का कांड करते हो,
मेरी एक 'न' से हो जाते हैं,
जो तुम्हारे अहंकारी अह्म के
सौ-सौ टुकड़े कि तुम
भरी भीड़ में मेरी देह पर
एसिड की बोतल
उड़ेल जाते हो,

इस निडरता और जोश
से तुम मेरे देश की आन, शान बढ़ा पाओ,
तो शायद तुम कुछ सार्थक कर पाओ

इतना आतंक है तुम्हारा कि
घरों की नन्हीं मासूम परियां
आँगन, गलियों में निकलने में
झिझक करती हैं,
तुम्हारे नापाक इरादों के तो निकले है ये नतीजे कि
अनखिली कलियाँ ये
गर्भ में ही बेरहमी से कुचली जाती हैं,
लोहा ही काटता है लोहे को, पता है सबको
काश! अपनी आतंकी जीन्स से तुम मेरे
देश में फैल रहे आतंकी मंसूबों को
मिटा पाओ
तो शायद तुम कुछ सार्थक कर पाओ.....

तुम बड़ा काम करती हो

तब सिर्फ पढ़ने का ही काम था
वैसे सारा दिन आराम था,
स्कूल से घर, घर से स्कूल
शाम को खेलना, रविवार को
जाना बाजार था, मन में मात्र
पुस्तकों का ही अंबार था ...

माँ! तब भी कहती थी मुझको
तुम बहुत मेहनत करती हो
थोड़ा खा लो, सुस्ता लो
जिद्द कर-करके परेशान करती हो...

आज सबसे पहले उठती हूँ,
बच्चों को स्कूल, पतिदेव को ऑफिस
हर रोज खुश होकर विदा मैं करती हूँ,
सुबह का नाश्ता, दोपहर के लंच की
कशमकश से रात-दिन, मैं गुजरती हूँ
फिर दौड़-दौड़ कर अपने
कार्यालय की ओर दौड़ की जुगत लगाती हूँ,

सुबह नौ से साढ़े पाँच ऑफिस में
काम की कैद में फँस जाती हूँ,
ऑफिस की हाजिरी पंचिग मशीन पर लगाकर।
अपनी बैचेन अंगुली का निशान
भाग-भागकर रिक्शा में चढ़ जाती हूँ,
पर बहुत ताज्जुब है मुझे,
आज कोई नहीं कहता मुझे
तुम बड़ा काम करती हो, थोड़ा आराम कर लो
कुछ खा लो,
इतनी क्यों जिद्द करती हो..

अभी तो शाम के छः ही बजे हैं,
असली संघर्ष तो अब शुरु होगा दोस्तों
घर में अभी कितने खलेरे पड़े हैं,
वो बिस्तर पर लेटे हुए मुचड़े हुए कपड़े,
वो नाक चिढ़ाती हुई मुझको, बिखरी हुई किचन
मेरे रास्ते में अचानक ही आते हुए जूते
प्यारे दुलारों की मुझको बुलाती हुई कापियां
हैल्प कर दो मम्मी मेरी, बच्चों की किलकारियां
सब्जियां भी मुझे देख कर इतरा रही हैं
हमें भी बना लो अब, ये आवाजें आ रही हैं
सुपरमॉम का मुझको नहीं चाहिए कोई तमगा,

इंसान ही समझ लो बस इतनी ही है इल्तज़ा,
नहीं चाहिए मुझको कोई इनाम अपने काम का
बस शब्द ही खुराक है, मेरी थकावट के उपचार का
बस कभी तो कोई मुझको भी कह दे
तुम बड़ा काम करती हो, थोड़ा आराम कर लो
कुछ खा लो,
इतनी क्यों जिद्द करती हो

ये नौकरी मेरी कोई शौक की चीज नहीं अब
मुझपर कई निर्भर हैं,
मात्र मेरी आर्थिक आत्मनिर्भरता की बात नहीं है अब
तो आस-पास नजदीकी परिवेश में
जो साथ-साथ रहते हैं,
जिनकी फिक्रों में मेरे दिलो-दिमाग में
यूँ ख्वाब से बनते रहते हैं,
तुम्हारा थोड़ा तो पूछना बनता है मुझसे चाहे,
किसी त्रैमासिक पत्रिका में छपने वाले किसी लेख की ही तरह
तुम बड़ा काम करती हो, थोड़ा आराम कर लो
कुछ खा लो
इतनी क्यों जिद्द करती हो...

आम आदमी

सियासत की वहशियाना हरकतों के बीच
इंसानियत की पहचान कराता है आम आदमी,
मत जानो दीन-हीन उसको यह बड़ा है खास आदमी...

जिस सत्ता के नशे में, जो अकड़ के तुम यूँ चलते हो
उस कुर्सी पे कई सपने लिए, बिठाता तुम्हें यही आम-आदमी
मत जानो दीन-हीन उसको, यह बड़ा है खास आदमी...

इन आपसी रंजिशों में उलझने का कहाँ वक्त है उसको,
खून-पसीना करके एक, अपना घरबार चलाता है आम आदमी
मत जानो दीन-हीन उसको यह बड़ा है खास आदमी...

कभी जो इन हवाओं में, साम्प्रदायिक साजिशों की
बदबू सी आ जाती है
हमारे धर्मनिरपेक्ष लोकतंत्र के घरौंदे को
महकाता है, यही आम आदमी
मत जानो दीन-हीन उसको यह बड़ा है खास आदमी...

न जाने कौन ज़ालिम, जाति-धर्म के नाम पर फैला रहा है जहर
इनके नापाक षडयंत्रों का शिकार बन जाता, वो बेकसूर आम आदमी
मत जानो दीन-हीन उसको यह बड़ा है खास आदमी...

मगर तुम मान न लेना इसकी चुप्पी को, किसी तूफ़ान से कभी कमतर
हो जाए एकजुट जो जनता, तो हाल हो जाएगा
तुम्हारा बदतर से और बदतर
तुम्हारे सारे आतंकी और भ्रष्टाचारी मंसूबों का
क्षण में खात्मा कर देगा यह आम आदमी...

माता-पिता

माँ अगर है, शीतल हवा का झोंका
तो पिता भी वृक्ष की छाया जैसा
माँ आती है, खुदा की रहमत बनकर
पिता भी लगता है मिला, दुआओं जैसा...

चीनी जैसी मीठा एहसास, माँ की गोद में सोना
पर पिता की डांट के बिना, जैसे नमक बिन सब्जी
माँ तो है सर्वस्व खुशियों का खजाना,
पिता आए बन उन खुशियों के कवच जैसा...

रोशनी देती माँ ठंडी सी चंदा की
पिता होता है कुछ उष्ण किरणें सूरज की
दोनों के ही मेल से बनती सृष्टि
एक के बिन न लगता घर, घर जैसा...

माँ तू तो नहीं है आज मेरे साथ
पर तेरी मीठी महकी यादों का पकड़ के हाथ
रखुंगी पापा का हरदम ख्याल
चाहती थी तू जैसे, बिल्कुल वैसा
चाहती थी तू जैसे, बिल्कुल वैसा...

हिंदी मेरे हिंदुस्तान की भाषा

वो अपने टॉमी को लेकर
बाजार की ओर जा रही थी
मैं भी रोज की तरह ऑफिस से
घर को दौड़ लगा रही थी
"कम, कम माई डार्लिंग यू आर"
सो नॉटी, सो चारमिंग कम ना यार
पर टॉमी तो बस भागे ही जा रहा था
उस महिला के काबू में वो किसी तरह
भी नहीं आ पा रहा था,
सहसा कुछेक शब्द मेरे कानों में पड़े
अरे! यह तो कुत्ते से अंग्रेजी में बतिया रही थी
और बेचारे टॉमी को इंग्लिश समझ न आ रही थी
पर वो महिला दो चार शब्द इंग्लिश के बोलकर
स्वयं पर बड़ा इतरा रही थी...

फिर यह किसी और दिन की बात थी
उस दिन गजब ठंडी-ठंडी सी रात थी,
मैंने सोचा, जरा सोसायटी के कुछ चक्कर लगा लूँ
चलते-फिरते मैं भी जरा दोस्त बना लूँ

तभी मैंने देखा एक महिला, जोर-जोर से
रिक्शे वाले से अंग्रेजी में बतिया रही थी,
'यू आर अ चीटर ओके,
आई विल पे यू ओनली टेन मोर' कहकर
वो बड़ा झल्ला रही थी
उस बेचारे गरीब को अंग्रेजी नाक चिढ़ा रही थी....

अरे! अभी आगे सुनो, वो तो इक शाम थी
मैं किसी की बात पर बहुत नाराज थी,
बाहर आई तो कोई परिचित मिल गया
तो लेटस्ट समाचारों पर बातचीत का सिलसिला चल गया
विषय था- शहर में शिक्षा का स्तर
नकल ही नकल चलती है वहाँ जाने कैसा है नगर
वो बोला, मुझे इक बात समझ नहीं आती है
दो शब्द अंग्रेजी न बोल पाने वालों की
सिविल परीक्षा कैसे पास हो जाती है?

अब मेरा माथा ठनका,
यहाँ भी अंग्रेजी का पहनो तमगा
मेरे दोस्तों, यारों यह तो हिंदुस्तान है,
अंग्रेजी में बोल न पाने में क्या नुकसान है
हिंदी में सोच रहे हैं, ख्वाब भी ले रहे हैं

हिंदुस्तान की मिट्टी का ही खा रहे हैं
फिर हिंदी में अपने विचारों को प्रकट करने में क्या अपमान है?
हिंदी तो है हमारी मातृ एवं राजभाषा
इसमें लिखने और बोलने में ही हमारे भारत की शान है.....

सब विकसित देश अपनी मातृभाषा पर गर्व करते हैं,
यह तो भारत की ही है विडंबना,
निज भाषा की कर उपेक्षा
विदेशी भाषा का दम भरते हैं,
अरे भारत के वासियों कुछ तो करो अपने देश पर एहसान
अंग्रेजी को न बनाओ बुद्धिमता और अपर क्लास स्टेटस की पहचान
आत्मिक और वैज्ञानिक भाषा है अपनी मातृभाषा हिंदी
इसको करो सलाम इसका रखो मान.....

आर कर या पार कर

आर कर या पार कर, अब तू दिल की बात कर,
इंसानियत बस याद रख, न जात कर न पात कर।

रोज़ लुट रही, जल रही जिस धरा पे हमारी बेटियाँ
यह मिट्टी आग उगलेगी, तू साँसों की न फरियाद कर।

बालों में यूँ बिछ गई, इंसाफ तकते रहने की सफेदियाँ
गौरव गाथा छोड़ तू, व्यवस्था में जल्द बदलाव कर।

जनता का सेवक ही अब, जो सिर पे हमारे नाच रहा,
गहरी निद्रा त्याग, जनता अपनी शक्ति का आह्वान कर।

वर्तमान तो बहुत बेचैन है, गरीब रुहों की सिसकियों से
'कल अच्छे दिन आएँगे' छोड़ आज, अभी-पर बस संवाद कर।

मोहब्बतों के पैगाम भेज दिए, जुदाई के गीत गा लिए,
भस्म करना है नापाक इरादों को, कलम में अपनी आग भर।

देख लिया बहुत कुछ

जिंदगी को इस कदर जी के, जो देखा है,
दूर है वो, मगर बहुत करीब से देखा है।

हर रंग से अब, मोहब्बत हो गई मुझको,
लोगों को इतने रंग जो बदलते देखा है।

मुझको ऊँचाईयों की कोई ख्वाहिश ही नहीं,
वहाँ से तो मैंने, कितनों को गिरते देखा है।

समाचार सुनने को अब तो कोई चाव न रहा,
हर चैनल को बाज़ारो में बिकते जो देखा है।

रिश्तों को मिलने की चाह, अब बिलकुल न रही,
हर बात में जो व्हट्स-अप को चलते देखा है।

बचपन खो सा गया है, मिट्टी की दीवारों में कहीं,
मासूमियत को इलैक्ट्रोनिक साँपों ने जकड़ जो रखा है।

माचिस के बिना ही हर तरफ आग सी जैसे लगने लगी,
शहर के हर शख्स को काले धुएँ में जलते हुए देखा है।

मीनाक्षी तो खुश रहती है कलम की पाक–मोहब्बत पाकर,
आशिकों को बेवफाई के कहर से तड़पते जो देखा है।

कैद

बाहर तो इक कैद सी है ही,
कैद है इक भीतर भी।
तुम हो इतने पास कभी
हो जाते कभी फिर दूर भी

बेशक फूलों की खुशबू दिल को
दीवाना कर देती है,
पर भूल न जाना सहने पड़ेंगे
इनके साथी शूल भी।

हर मुस्कराहट को तुम सच मानोगे
तो धोखे ही धोखे खाओगे,
राज़ छिपे हैं इनके भीतर
दोस्त हैं तो कई रकीब भी।

यह हो जाता, वो मिल जाता,
सोच-सोच गुज़रे पल,
खो गया बस उसका रोना,
पाया जो रहता याद कभी

मेरी मानो चलते जाओ
और कोई विकल्प नहीं,
छलता रहा है जो मुझको अभी तक
खिंच सकता है मेरी ओर कभी।

www.ingramcontent.com/pod-product-compliance
Lightning Source LLC
LaVergne TN
LVHW100552051026
849519LV00003B/922
* 9 7 8 9 3 8 8 3 6 5 8 3 3 *